उसका यौवन

(कहानी संग्रह)

उसका यौवन

ममता कालिया

लोकभारती प्रकाशन
पहली मंजिल, दरबारी बिल्डिंग, महात्मा गाँधी मार्ग, इलाहाबाद-1

लोकभारती प्रकाशन
पहली मंजिल, दरबारी बिल्डिंग, महात्मा गाँधी मार्ग
इलाहाबाद-211 001

वेबसाइट : www.lokbhartiprakashan.com
ईमेल : info@lokbhartiprakashan.com

शाखाएँ : 1-बी, नेताजी सुभाष मार्ग, दरियागंज
नई दिल्ली-110 002
अशोक राजपथ, साइंस कॉलेज के सामने
पटना-800 006 (बिहार)
36-ए, शेक्सपियर सरणी
कोलकाता-700 017

प्रथम संस्करण : 1985
वर्तमान संस्करण : 2010
पुनर्मुद्रण : 2016

त्रिवेणी ऑफसेट प्रिंटर्स
इलाहाबाद द्वारा मुद्रित

USKA YAUVAN
by Mamta Kaliya

ISBN : 978-81-8031-419-3

मूल्य : ₹ 180

भूमिका की तरह

समय के साथ-साथ हमारे अंदर न जाने कितनी कहानियां भरती जाती हैं। स्मृति के इस छोटे से चिप में अनेक घटनाएँ, स्वप्न, दुस्वप्न, अनुराग-विराग और आशंकाएं ठसाठस समाई हैं। कई बार मैं सोचती हूँ कि होती मैं हुसैन-मक़बूल फ़िदा-तो अपनी बेचैनियों को इतने ऊंचे बुर्ज पर लटका देती-यों। ऐसी तड़फड़ तबीयत से कोई क्या बताए कौन सी कहानी कब लिखी, क्यों लिखी, कहाँ लिखी। कई बार सुबह के अख़बार के साथ कोई कहानी मेरे पास चली आई, कतरन की तरह; कभी-कभी किसी जुमल़े के साथ रिबन की तरह खुलती गई कहानी; कभी दुखती उंगली की तरह रात भर चस-चस करती रही, तो कभी हालात बनकर हिला गई आपबीती।

जितना यह सच है उतना ही यह भी केवल भाव बोध के सहारे नहीं टिकी रहती कहानी, जब तक उसमें वृहत्तर समय-समाज का सरोकार और दृष्टि-बोध न हो।

प्रस्तुत कहानियों में से कुछ ऐसी हैं जो अपने आप मुझ तक चली आई हैं। मेरी पहली कहानी छुटकारा में कच्ची धान की बोली की गन्ध है लेकिन भावुकता नहीं। सन साठ के बाद के लेखकों की तरह मैंने भी भावुकता का बोझ उतार फेक कर ही कहानी की दुनिया में कदम रखा मैंने जब लिखना शुरू किया मैं बहुत छोटी थी। आजकल लेखिकायें प्रौढ़ अवस्था में लिखना शुरू करती हैं जब कलम-कलाई में चौकन्नापन आ जाता है। मेरे लिये लेखन, साइकिल चलाने जैसा एडवेन्चर रहा, डगमग-डगमग चली और कई बार घुटने-हथेलियां छिला कर आगे बढ़ना

शुरू किया। अपनी समस्त गलतियाँ अपने आप कीं, कोई गॉड फादर नही बनाया, न ही कोई गॉडमदर। बिल्ली की तरह किसी का रास्ता नहीं काटा और किसी को गिरा कर अपने को नहीं उठाया। हमारे समय में लिखना, जीवन में रस का अनुसंधान था, न उसमें प्रपंच था न बाज़ार। समय-समाज के सवालों से जूझने की तीव्र उत्कंठा और जीवन के प्रति विस्मय ही मेरी कहानियों का स्रोत रहा है।

मेरे लिखने का कोई निश्चित समय नहीं होता। बिना किसी नक़्शे के कहानी शुरू कर देती हूं मानो शून्य गगन में एक तारा टांक रही हूं। पहले तो फुर्सत ही नहीं मिलती, अगर मिल गई तो बजाय लिखने के टीवी के ऊटपटांग उत्पात देखने में समय नष्ट करती हूं। न लिखा जाए तो रसोई में घुस जाती हूं, रसोई में कोई काम बिगड़ जाए तो पैर पटकती हुई वापस कमरे में आ जाती हूं। कमरे की मेज़ पर मेरे काग़ज़ हरदम फैले रहते हैं। कई बार दो-चार पन्ने उड़कर ग़ायब भी हो जाते हैं। लोग जीवन में अराजक होते हैं, मैं लेखन में अराजक हूं लिखने के बाद, छप जाने पर रचना पढ़कर अफ़सोस और असंतोष होता है, अरे इसमें वह सब तो लिखा ही नहीं गया, जो सोचा था।

इस सबके बावजूद अब तक मैंने जो भी, जैसा भी लिखा, उस सब को मैं स्वीकार करती हूं। मैं अपनी हर कहानी पर यह शपथ-पत्र लगा सकती हूं कि यह मैंने बड़ी शिद्दत से, अपनी नसों पर महसूस करते हुए लिखी। हर कहानी को अपने कलेजे की गर्मी से सेंका और पकाया। कितना ही यथार्थ खुद झेला, कितना औरों को झेलते हुए देखकर विकल हुई। जिस वक़्त जो लिखा उसमें अपनी पूरी ऊर्जा और ऊष्मा लगा दी। अपने समय से संवाद और विवाद करती इन रचनाओं के साथ मैं निष्कवच खड़ी हूं आपके सामने।

ममता कालिया

अनुक्रम

उसका यौवन

खाना खाकर वह आँगन में आ गया। चारपाई पर एक तरफ मेथी, दूसरी तरफ पुदीना सुखाने के लिए फैला रखा था। उसने दोनों को एक तरफ सरकाकर गड्ड-मड्ड हो जाने के लिए छोड़ दिया। फिर वह लेट गया। खाना आज अच्छा बना था, सब्जी में तरावट थी, दाल में घी और रोटी नरम। बम्बई से भैया सपरिवार आये हुए हैं। जितने दिन भैया हैं घर में खाना अच्छा ही मिलेगा। अम्मा रोज सुबह लोकनाथ जाकर खुद चुन कर तरकारी लाती हैं, भैया की पसन्द की। नन्हें बबलू के साथ उसका वक्त भी अच्छा कट रहा है। इन तीन दिनों में विराम ने उसे 'गुडमॉर्निंग', 'टा-टा', 'थैंक्यू', 'जिन्दाबाद' जैसी कई बातें सिखा दी हैं। जब अविनाश, प्रदीप और अशोक उससे मिलने आये, उसने बबलू की प्रतिभा का बाकायदा प्रदर्शन किया और पाया कि उसने बिल्कुल ठीक प्रशिक्षण दिया है। वह अपनी क्षमता का कायल हो गया।

दरअसल उसकी योग्यता का यही क्षेत्र है। वह अध्यापक, प्रशिक्षक, मार्ग-निर्देशक कुछ भी बन सकता है। पर अच्छा है अपना देश। यह क्या तुक है भई कि जो जन्मजात अध्यापक हो, उसके लिए भी यह जरूरी हो कि पहले बी0 ए0 करो, बाद में मास्टरी। यहाँ तक कि क्लर्की में भी बीं0 ए0 चाहिए। अम्मा का कहना है कि बिना बी0 ए0 पास किये अच्छी जगह शादी भी नहीं हो पायेगी। उसे फुर्सत कहाँ है ये रूखी-सूखी किताबें पढ़ने की। यानी अन्धेर है, पहले फीस दो, फिर फुर्सत निकालो, फिर नाना फड़नवीस का उत्थान-पतन याद करो, और

तब भी कोई गारन्टी नहीं कि आखिर में अखबार में रोल नम्बर छपेगा या नहीं। दरअसल यह शिक्षा प्रणाली ही बेकार है।

सुबह भाभी ने पचास का नोट देकर भेजा था उसे, बबलू के दूध का डिब्बा लाने। भाभी ने समझाया, 'यह ब्रांड बड़ी मुश्किल से मिलता है। इसके सिवा कोई दूसरा दूध बबलू को पचता नहीं। पैसे की फिक्र न करना। ब्लैक में भी मिले तो ले आना, समझे।' विराम समझ गया। उसने बाजार जाकर एक कुशल ग्राहक की तरह कम से कम दस दुकानों पर दूध के बारे में पूछा, दस में से सात दुकानों पर दूध था। कीमत में दस-बीस पैसे का हेर-फेर था। विराम को बाजार में घूमते हुए हँसी आ गयी। वे तीन मनहूस दुकान वाले ! उसने सोचा। उसे एक लोकप्रिय टूथपेस्ट का विज्ञापन याद आ गया, जिसका दावा था कि उसे लगाने से दस में से सात व्यक्तियों के मुँह की दुर्गन्ध खत्म हो ज़ाती है। यानी तीन व्यक्ति फिर भी गंधाते रहते हैं। तीन दुकान वालों की तरह मनहूसियत फैलाते रहते हैं। ये तीन दुकान वाले जनम भर रोयेंगे। विराम अब कभी इन पर नहीं आयेगा। उसके पास इतना फालतू वक्त नहीं। फिर विराम ने दार्शनिक होकर सोचा समाज में अगर स्वच्छता, सदाचार और विकास, दस में से सात की दर पर भी हो तो बुरा नहीं, सत्तर प्रतिशत। मस्ती, विश्वास और विवेक से भरकर विराम ने एक ही जगह दो डिब्बे खरीद लिये।

भाभी दो डिब्बे दूध देखकर उछल पड़ीं, 'अरे वाह विराम भैया कमाल कर डाला तुमने ! बम्बई में तो इसे पाना दुर्लभ है। पचीसों रुपये टैक्सी में फूँक कर भी नहीं मिलता यह दूध। कैसे ले आये दो डिब्बे ? कहीं अपने पास से तो रुपये नहीं लगा दिये तुमने ?'

विराम कुछ नहीं बोला। खुशी से मुस्कराता हुआ बबलू को गोद में लिये अपने कमरे में आ गया।

उसकी भोलीभाली नासमझ भाभी। बम्बई की चाभी से इलाहाबाद के ताले खोलती है। उन्हें क्या पता, यह विराम भैया का शहर कैसा है।

सारे मुल्क में अगर कहीं सस्तई छायी है तो यहीं न ! सारे साल कपड़ों और जूतों की डिस्काउंट सेल लगी रहती है, फिर भी दुकानों पर सन्नाटा छाया रहता है, जैसे कर्फ्यू लगा हो। भाभी कहे तो विराम दूध का पूरा स्टॉक खरीद कर ला दे।

दो डिब्बे के बाद जो सात रुपये बीस पैसे बचे हैं। वह कैसे लौटाये भाभी को? वे लेंगी थोड़ी। उन्हें यकीन भी नहीं आयेगा। सोचेंगी, उन्हें खुश करने के लिए विराम अपनी तरफ से दे रहा है। वे कह रही थीं, बम्बई में पच्चीसों रुपये तो टैक्सी में लग जाते। विराम को ऐसे सहजदिल इन्सान बहुत पसन्द हैं। यह नहीं कि उसके बाजार से लौटते ही बर्रे की तरह काटने लगें, "आलू क्या भाव आये, और साबुन की बट्टी और पिसा अमचूर ? पैंतीस पैसे का हिसाब गड़बड़ है भैया जी।" ऐसे फटीचरों का सौदा लाकर देने की जरा इच्छा नहीं होती विराम की। पर वक्त-वक्त की बात है। करना ही पड़ जाता है सब तरह के लागों का काम।

सात रुपये बीस पैसे में आगामी पूरा सप्ताह चैन से कटेगा। कौन लम्बा-चौड़ा खर्च है उसका। साइकिल उसके पास है ही। खाना घर से बढ़िया और निःशुल्क कहाँ मिल सकता है। बस ताश की गड्डी हो, दो-चार यार-दोस्त हों, फिर दिन यों सर्र से सरक जाता है ज्यों आतिश-बातिश।

बबलू आतिश बाजी को आतिशबातिश कहता है। विराम के थपकते-थपकते बबलू सो गया। विराम ने उसे प्यार से ले जाकर भाभी की बगल में लिटा दिया। चकित हो गयीं भाभी, "वाह विराम भैया, न ब्याह न बच्चा और कैसे चट से सुला दिया भतीजे को। मैं तो दो घन्टे की कवायद करती तो न सुला पाती। सच यहाँ आकर बबलू का तो मुझे कोई काम ही नहीं।" भाभी द ग्रेट ! अगर इसी तरह खुश रहीं तो हो सकता है वापसी पर उसे भी साथ बम्बई ले जायें। फिर तो रंग जम जायेगा।

विराम लेटे-लेटे ऊँघ गया। उसे सपना आया कि वह बम्बई पहुँच गया है, हवाई जहाज से। हवाई सीढ़ी से उतरने के पहले वह हाथ हिला रहा है। तड़-तड़-तड़.....तालियों की आवाज से पूरा एयर पोर्ट गूँज उठा है। उसे रिसीव करने हेमा मालिनी से लेकर पद्मिनी कोल्हापुरे तक सब आयीं हैं। वह बड़ी शान से अपनी टोयोटा में बैठ जाता है बिना किसी पर एक नजर भी डाले। फिल्मों में वह ऐसी भूमिकाएँ करता है जिनमें एक गरीब नौजवान संघर्ष करते-करते सीधा करोड़पति हो जाता है। वह हर स्मगलर को मार गिराता है, हर वेश्या का उद्धार करता है, वह बच्चों को गोद में उठाकर गाना सुनाता है, वह हीरोइन को चींटी की तरह मसल डालता है। यह और बात है कि हीरोइन चींटी की तरह मरती नहीं, वह और भी जवान, ताजी और उभरी हुई नजर आती है।

'रामू चाय पीनी है तो पी ले !' अम्मा की आवाज ने सब गुड़ गोबर कर दिया। धरे रह गये इरादे। उसे बेतरह चिढ़ आयी। वह जागकर भी आँखें बन्द किये पड़ा रहा। सोते से उठाकर चाय पिलाने का क्या तुक। हमेशा ऐसे ही तंग करती हैं अम्मा। बात कहने का सलीका तक नहीं है इस घर के लोगों को। अम्मा जब बोलेंगी तो ऐसे ही, खाना है तो खाले' 'नहाना है तो नहा ले' यानी सब कुछ सिखाना पड़ेगा इन लोगों को।

दरअसल अम्मा की गलती नहीं है। उनकी सोहबत ठीक नहीं है। पड़ोस में दिन पर दिन ऐसे पड़ोसी आकर बस रहे हैं जो किसी तरह भी नेक दिल नहीं कहे जा सकते। अपने बच्चों के गुणगान और दूसरे के बच्चों की आलोचना करने के अलावा और उन्हें आता ही क्या है। ये कुन्द-दिमाग पड़ोसी क्या जाने, विराम की दृष्टि कितनी व्यापक है, प्रतिभा कितनी बहुमुखी और व्यक्तित्व कितना विशाल है। वे तो उसे देखते ही बस एक रट लगाये रहते हैं 'बी0 ए0 का रिजल्ट क्या रहा?'

तुम्हारा सिर रहा ! अरे हरामजादो, तुम्हारे बच्चे ट्यूशन पढ़ें, नकल करें, मास्टरों के तलवे चाटें और फर्स्ट आयें। हमें न चाँदी न सोना।

दुनिया ठेंगे पर। एक दिन आयेगा, खुद राष्ट्रपति इलाहाबाद आयेंगे उससे भेंट करने, उसे भारत-रत्न उपाधि देने। अरे, यह वह नगर है जिसने तीन-तीन प्रधानमंत्री दिये हैं, कौन जाने, चौथा इस वक्त इसी खटिया पर पड़ा है।

बहरहाल, तब तक इसी चाय के ठंडे प्याले पर गुजर करनी है। गरम करनी उसे आती है पर स्टोव कौन जलाये। विराम ने आँख बन्द कर चाय गुटक ली।

यकायक विराम बिदका, जैसे किसी ने उसके सिर पर टहोका मारा हो। भैया के जूतों की आवाज आ रही थी, चर्र-मर्र, चर्र-मर्र। यानी भैया कानपुर से लौट आये। दो दिन से गये थे, चैन था। अब वही भाषणबाजी, भारी-भरकम वाक्य और चालाक चेतावनियाँ। सख्त परहेज है उसे भाषणबाजी से। अगर उसके कोई छोटा भाई होता तो वह कतई भाषण न देता उसे। उसके साथ एक निःशब्द सम्प्रेषण रहता उसका। इस देश को भाषणबाजी ने चौपट कर डाला। जो है सो भाषण टिका कर, तालियाँ बजवा कर चला जाता है। देश को आगे पहुँचाने के लिए सॉलिड काम होना चाहिये। अब भैया हैं, बिना बात बी0 ए0 की चर्चा शुरू कर देंगे। फिर शिक्षा के महत्व पर अपने बहुमूल्य विचार प्रकट करेंगे और अन्त में बेरोजगारी की समस्या से होते-होते महँगाई का हवाला देंगे। विराम कौन उनका दिया खाता है ? अरे अपने घर का शहजादा है वह। ये तो साल छह महीने में आयेंगे, भाषण झाड़ कर; अपनी नयी बुशर्टें दिखला कर चले जायेंगे। जाते-जाते घर की काहिली-जाहिली पर सबको जलील कर जायेंगे। यह कोई अच्छी बात है ? अरे, आपको चान्स मिल गया तो बढ़िया नौकरी, बढ़िया बीवी पा गये, नहीं पड़े होते इन्हीं रानी मंडी की बदबूदार गलियों में। असली चीज है, चांस। फिर आप कौन आदर्श कुमार हैं। हर बार जब घर आते हैं, बैठक का नाप ले जाते हैं। पैंट की जेब में फीते वाली की- चेन रहती है उनके। हर बार कहते हैं, इस बार बम्बई से बैठक के लिए शानदार

कालीनं लाऊँगा। लाये कभी? अरे ! जिगरा चाहिए, जिगरा। कहने की सौ बात, लाने को दरी भी मात। यह तो नहीं होता कि जाते वक्त सौ-पचास रुपये हाथ पर रख जायँ। शान से पतलून की जेब में हाथ डाले चले जायेंगे।

कभी-कभी विराम को लगता है, जीवन एक रेलगाड़ी की तरह दौड़ रहा है और वह एक प्लेटफॉर्म की तरह स्थिर है। पहले नाटकों में दिलचस्पी होती थी, अब वे भी नहीं भाते। हफ्तों टिकट बेचने के लिए दौड़ाते रहते हैं यूनिट के लोग। कभी वह कहे कि उसका नाम भी स्मारिका के अन्दर छपना चाहिए तो चट मना कर देते हैं। स्कूल के दिनों के उसके साथी कभी के एम0 ए0, एम0 एस0 सी0 कर नौकरियों से लग गये। कोई आई0 ए0 एस0 में आ गया, कोई पी0 सी0 एस0 में। किसी ने दुकान खोल ली। और तो और, दो एक साथी होम्योपैथ बन बैठे। गुजारे लायक कमा लेते हैं।

पर वह इतने मामूली काम कैसे कर सकता है? पिताजी के नाम पर बट्टा नहीं लगेगा, ए0 जी0 आफिस में काम करते हैं, सरकारी नौकरी है उनकी। भैया लज्जित नहीं होंगे, इतनी बड़ी दवा कम्पनी के मैनेजर हैं, भाभी यूनिवर्सिटी में पढ़ाती हैं। मामाजी तो शर्म के मारे इलाहाबाद आना छोड़ देंगे। हैदराबाद के श्रेष्ठ वैज्ञानिकों में एक हैं। चाचा जी बदायूँ में सिटी मजिस्ट्रेट हैं। वे सब कैसे बर्दाश्त करेंगे कि उनके खानदान का एक होनहार लड़का मरीजों को अटकलपच्चू मीठी गोलियाँ बांटे या साबुन-बट्टी बेचे। और अम्मा? वह तो सदमें से मर जायेंगी। कितने अरमानों से उसे पाला है। हमेशा दोनों बेटों को राम लक्ष्मण कहा उन्होंने। बारह साल तक उसे छाती से चिपटा कर सुलाती थीं। उसके सर पर हाथ फेरती हुई रोज कहतीं, 'जब तू बड़ा हो जायेगा, मेरे सब दुख दूर हो जायेंगे।' धीरे-धीरे विराम को भी यकीन हो गया कि उसके बड़े होने पर वाकई अम्मा के सारे दुख दूर हो जायेंगे। वह तो बड़ा हो गया पर समझ में नहीं आता अब भी अम्मा क्यों दुखी रहती हैं।

विराम ने नये साल में कई बार टाइम टेबिल बनाया कि उसे अपना दिन कैसे बिताना है। कड़ी मेहनत, दूर दृष्टि और पक्का इरादा—इन तीनों को आधार मान कर उसने दिन के घंटों का कुछ ऐसा विभाजन किया कि यदि टाइमटेबिल पर अमल किया जाय तो न वह चैन से खा सकता था न सो सकता था, यहाँ तक कि नहाने की भी छूट उसने अपने को नहीं दी। लेकिन सभी टाइमटेबिल टेबिल पर पड़े धूल चाटते रहे, अन्त में नौकरानी ने उन्हें कूड़ा समझ कर फेंक दिया। थोड़ा बहुत झुंझला कर विराम ने सब्र कर लिया। अब इस नये साल में किसी दिन धूप जरा जमकर निकले, उसके पास नयी डाथरी और पैन हो तो वह फिर टाइमटेबिल बनायेगा। आखिर उसे अपनी जिन्दगी बनानी है।

◆◆◆

नई दुनिया

एक निहायत बेवकूफ लड़की की तरह अपने खानदान के कच्चे चिट्ठे लिख-लिख कर उसने अपना जीना हराम कर लिया था। एक-एक कर सभी सम्बन्धी नाता तोड़ चुके थे। रोज ही किसी न किसी की नालिश ठुकी रहती। हर महीने कोई न कोई रूठ जाता। जिस रफ्तार से कहानियों की गिनती बढ़ रही थी उसी रफ्तार से रिश्तेदारों की गिनती घट रही थी। तंग आकर पूर्वा ने सोचा, नहीं अब वह इस तरह नहीं लिखेगी। अब वह बखिये उधेड़ने की जगह रफू करना सीखेगी। क्या जरूरत है लोगों के दर्द बेपर्द करने की जब लोग पर्दा पसन्द हैं। अगर कभी दुखी को दुखी कह दिया तो दुखी ही आँसू पोंछ दिलेरी से बोल पड़ा, 'ऐ बेवकूफ लड़की, बस मेरे दुख देखे तूने, सुख नहीं देखे !" सुखों में उसने सब कुछ गिना दिया-बोनस, बेटे, बापदादा का मकान, बीवी के दस तोले के जेवर और बीमे की पॉलिसी।

परममूर्ख की तरह पूर्वा अपनी कहानी लिये बैठी रह गयी जिसमें उनकी रोज-रोज की हाय-हाय, मन का हाहाकार और संघर्षों का चीत्कार था।

किसी के सुख से संवेदित हो उसने कोई रचना लिखी तो सुखी आदमी फौरन नाराज़ हो गया, 'नज़र लगाएगी क्या? हमारे छोटे-छोटे सुख भी काटने लगे। कितना झेलकर कितना थोड़ा पाया है, तुझे क्या पता?"

पूर्वा को यह तो पता था कि मोटे को मोटा, छोटे को छोटा और टेढ़े को टेढ़ा नहीं कहा जाता लेकिन यह नहीं पता था कि दुखी को दुखी और सुखी को सुखी कहना भी गलत है। सच से बचने वाले लोगों को साहित्य से भी बचना चाहिए, उसने दार्शनिक अन्दाज़ में सोचा।

लेकिन ये सब लोग उससे बड़े और आदरणीय थे। प्रत्यक्ष रूप में वह इन्हें प्रणाम के अतिरिक्त और कुछ नहीं कर सकती थी। इन्हें कैसे समझाये पूर्वा कि वह कहानी लिखती है, जीवनी नहीं। जो कहानियाँ वह लिखती है उनमें वे लोग अपने साबुत, खालिस रूप में कहाँ आये हैं। उनमें से हर एक में कई-कई लोग गड्ड-मड्ड हैं। अगर वे इसका अन्दाज़ा लगा पायें कि कितने बेशुमार लोगों के हाड़-गोड़, शक्ल-अक्ल, नीयत-आदत लग कर कहानी का कुटुम्ब खड़ा हुआ है तो वे हक्के-बक्के रह जायें। पूर्वा का दिमाग तो एक चलता-फिरता थियेटर है, इसमें हर वक्त नाटक चलता रहता है। एक शो खत्म नहीं हुआ कि दूसरा शुरू। इसी नाटक के बीच बिजली फेल होने के क्षण-सी बाधायें आती रहती हैं, ''पब्बी खाना खालो' पब्बी तुम अभी तक नहाई नहीं।'' ''पब्बी पढ़ती लिखती है नहीं, इम्तहान क्या देगी, खाक।''

अजब लोग थे इस परिवार के ! सुबह उठते ही इन्हें नहाने की पड़ जाती जैसे रात-भर वे कीचड़ में पड़े रहे हों। भई अगर आप अपने साफ़-सुथरे बिस्तर में, चैन से रातभर सोये हैं तो सुबह-सुबह नहाने की यह हाय-तौबा क्यों? स्त्रियाँ कूलती कराहती अपनी विशाल काया ड्रेसिंग गाउन में लपेट घर भर के पीछे पड़ी रहतीं। पुरुष दाढ़ी बना रहे हैं, तौलिया लपेटे कमरे से लैट्रीन और लेट्रीन से बाथरूम की दौड़ लगा रहे हैं। पूर्वा को इस साबुन-पानी वाली सुबह से इतनी चिढ़ होती कि वह मुँह तक चादर ढाँप कर पड़ी रहती। बाकी सारा घर घड़ी की सुई के साथ-साथ दौड़ता, पूर्वा एक बिगड़ी घड़ी की तरह लेटी रहती। उसके सभी भाई-बहन पढ़ाई में तेज निकले जा रहे थे, उन्होंने सोने के मैडल, प्रमाण-पत्र और पुरस्कारों से आलमारी का एक हिस्सा पूरा भर दिया।

पर पूर्वा कुछ भी न कर पाई जिस पर परिवार नाज़ करे। माँ दुखी होकर बतातीं, "यह शुरू की लद्दू घोड़ा थी। तीन साल तक तो पैदल ही नहीं चली। जैसे ही खड़ा करते, लद्द से गिर पड़ती। सब कहते इसे पोलियो है। पर एक दिन जब सब बच्चे इसे मालगाड़ी-मालगाड़ी कह कर इसकी हँसी उड़ा रहे थे, यह अचानक उठी और खम-खम चल दी।"

ऐसे ही किसी अगले चमत्कार की आशा में उसे बी0 ए0 तक पढ़ाया गया फिर सब की हिम्मत टूट गयी। क्या फायदा ! हर बार नतीजा निकलने पर परिवार की नाक कटती है। महीनों मुँह दिखाने के काबिल नहीं रहते। फेल नहीं होती तो ठीक से पास भी कहाँ होती है।

परिवार ने उसमें दिलचस्पी लेनी खत्म कर दी, इतनी कि उसे खुद परिवार में दिलचस्पी लेनी बन्द करनी पड़ी। उसकी सलाह-सुझाव, मर्जी नामर्जी का कोई महत्व न रहा। महज़ मेहमानों को नमस्ते करते कितने दिन परिवार में अपनी प्रासंगिकता बनाई रखी जा सकती थी। यही समय था जब कमरे में अकेले रहते-रहते, पूर्वा ने कहानियाँ, उपन्यास सैकड़ों की संख्या मे पढ़ डाले। उसने पाया किताबों में एक निराली दुनिया कैद है। इनमें तरह-तरह के लोग हैं। तरह-तरह के परिवेश। जिन्दगी का हर लमहा किसी न किसी शक्ल में इन किताबों में शामिल है मानो साहित्य जिन्दगी का ही एनसाइक्लोपीडिया हो। अपनी इस खोज के बाद पूर्वा अकेली न रही। बल्कि पढ़ते-पढ़ते वह कहानी लिखने की चपेट में आ गई। उसने एक दिन कलम उठाई, कागज लिया और बस अपने लिए एक नई दुनिया खड़ी कर ली।

कितना सुख-चैन था इस सृजन में। अब उसे पता चला कि क्यों, कुम्हार इतनी लगन से अपने चाक पर जुटा रहता है, क्यों दर्जी दिन-दिन भर मशीन पर झुका रहता है, क्यों किसान कुदाल उठाता है। सृजन के आनन्द से वह अभिभूत हो गयी। अपने प्रथम श्रेणी प्राप्त भाई-बहनों के सामने वह भी गर्व से सिर उठाकर चलने लगी। उसके हाथ, एक ऐसी कुंजी लगी कि जिससे इतिहास और तारीख के ताले खुलते थे। अपने

आस-पास बड़बड़ाते लोगों की अब उसे तनिक भी परवाह नहीं थी। घर ने तो उसको एक तरह से निष्कासित कर रखा था। उनकी शब्दावली में वह एक गैर कामयाब लड़की थी। उसका भाई विदेश का वजीफ़ा प्राप्त करने में सफल हो गया था और बहन नौकरी हासिल करने में। शिक्षा का यही सदुपयोग उनके घर में सिखाया जाता था। बल्कि जब घर के लोगों को पता चला कि पूर्वा आजकल कहानियाँ लिखने लगी है, उनकी उससे रही-सही उम्मीदें भी खत्म हो गईं। परिवार को इसका थोड़ा-सा अंदेशा और अन्दाज़ था कि समाज में साहित्यकारों का हश्र क्या होता है, वे यों ही गिरते-पड़ते लिखते रहते हैं, फकीर की हैसियत से जिन्दगी बसर करते हैं और अन्त में एक रोज़ पीले पड़कर झर जाते हैं, कोई दिल के दौरे से, कोई तपेदिक से, कोई कमजोरी से। परिवार का ख्याल था कि लेखन इन सब बीमारियों को बढ़ाता है।

पिता अक्सर दुखी होकर पूर्वा से कहते, 'तुझे क्या फिक्र है मुझे बता, किस बात को लेकर घुलती रहती है दिन-रात। तेरे लिए तो मैं अकेला इतना छोड़ जाऊँगा कि तुझे मुँह ताकने की जरूरत न होगी। पूर्वा अपने पिता की सादगी पर हँस देती। कैसे बताती कि उसे उनसे ऐसी कोई चीज नहीं चाहिए जो वे दे सकें। उसका मन तो पूरी तरह एक नई दुनिया में रम गया था जहाँ इस दुनिया के नियम-कानून लागू नहीं होते।

अक्सर गोष्ठियों, सम्मेलनों में पूर्वा का परिचय अन्य रचनाकारों से होता। अधिकांश उससे ज्यादा प्रसिद्ध और प्रतिष्ठित थे। लेकिन गज़ब सादगी और खुलापन था उनमें। उन्होंने बेझिझक पूर्वा को अपनी बिरादरी में शामिल कर लिया, उसकी समस्त खूबियों, कमियों समेत। यह एक नई बिरादरी थी, खून-नाल के रिश्ते से अलग और अनोखी। इसमें बड़े सहजदिल लोग थे। जिन्दा लोगों में कुछ ज्यादा जिन्दा, मस्त

लोगों में कुछ ज्यादा मस्त, फाकामस्त, खिलखिला कर हँसने वाले, बात-बेबात ठहाका मारने वाले, अंधेरी रातों में आवारा घूमने वाले, दिन चढ़े तक सोने वाले, अचानक खुश होने वाले, अचानक नाराज होने वाले। सामान्य अर्थों में ये कोई कामयाब इंसान नहीं थे। एक दुनिया ये अपनी रचनाओं में बनाते थे, एक दुनिया में इन्हें जीना था। जिस दुनिया में ये जीते थे, वह इनके कोई बहुत अनुकूल नहीं थी। वह लगातार इनका इम्तहान लेती थी। पूर्वा ने पाया हर एक के जीवन में वे सब छोटे-बड़े सवाल थे जो उसकी दुनिया में। फिर भी ये मस्त थे। ये अपनी बनाई दुनिया के शहनशाह थे, खुले हाथ जागीर बाँटने वाले, भर-भर लुटाने वाले। असल दुनिया में इनके पास देने को कुछ न था, ख्यालों के सिवा। निहायत सादी आदतें और मौलिक विचार थे इनके पास। हाँ सिगरेट का खर्च जरूर बढ़ा हुआ था इन सबका। जब-जब नए बजट की घोषणा होती ये लोग गुस्से से किचकिचा उठते, "फिर बढ़े सिगरेट के रेट। लगता है खादी पहनते ही तम्बाकू की तलब खत्म हो जाती है, तभी न ये देशप्रेमी सबसे पहला सितम सिगरेट पर ही ढाते हैं।" बजट वाले रोज गुस्से और असहमति के मारे कई साथी तय कर लेते, "नहीं पियेंगे सिगरेट अब, कल से एकदम बन्द ! कर दें इसे सोने-सी मँहगी, हमें क्या।"

पर अगले पन्द्रह मिनट में ही दिमाग काम करना बन्द कर देता, उँगलियाँ तिलमिलाने लगती, जबड़ा जाम हुआ लगता, न चाय अच्छी लगती न चर्चा, सिर के बाल नोचने की नौबत आ जाती और मूड को वापस पटरी पर लाने के लिए ताबड़तोड़ कई सिगरेटें लगातार पीनी पड़ जातीं।

यही अच्छा लगता पूर्वा को कि ये लचीले स्वभाव के लोग थे। यह नहीं कि जो कह दिया उसके पीछे पड़ गए। प्रसून और वसीम दोनों युवा

कवि थे, कभी-कभी उलझ जाते। वसीम खीझ कर कहता, "जाने दो, साले की उम्र भर सूरत न देखूँगा।"

अगले दिन दोनों को टी-हाउस में इकट्ठे ठहाके लगाते देखा जा सकता था।

छोटे-छोटे मसलों पर भिड़ना इनकी आदत थी, लेकिन बड़े मसलों के सामने ये सब एक हो जाते। भाषा का सवाल, प्रेस की आजादी, अभिव्यक्ति की स्वतंत्रता और मजदूरों की दशा जैसे प्रश्नों को लेकर ये बड़े कट्टर तरीके से एक थे। ऐसे किसी भी भारी-भरकम प्रस्ताव पर जब पूर्वा अपने नन्हें से हस्ताक्षर करती उसे बड़ा विस्मय होता कि उससे भी भागीदारी माँगी गई।

हलकी सर्दियाँ शुरू हो गयी थीं। हवा की जगह धूप भाने लगी थी। फलों, फूलों और तरकारियों पर एक नया रंग चढ़ता जा रहा था। घर की बगिया में गेदें, गुलाब और गुलदाउदी की बहार थी। बड़े-बड़े सुनहरे, पीले, नारंगी और सफेद फूल सुबह-सुबह देख मन प्रफुल्लित हो जाता। माली बड़ी लगन से खुरपी झारा ले, अपने काम में लगा रहता। दिन का काम पूरा कर वह एक नजर बगिया और क्यारी पर डालता, फिर कन्धे से अपना अंगोछा उतार, झटक कर सिर पर बाँधता, हाथ धोता और चला जाता। रोज कितने फूल खिले, कितने झरे, माली को खबर थी या पूर्वा को। पूर्वा के लिए तो हर कली का खिलना एक आश्चर्य लोक था। वह लाख टकटकी लगाकर घण्टों देखती, उसकी पकड़ में वह क्षण न आता जब कली चिटक कर खिली और फूल बनी। रंग एक सम्भावना की तरह उसमें बन्द रहते और यकायक एक रहस्य की तरह उद्घाटित होते।

घर के लोगों को कभी फुरसत न थी, न सोमवार को न इतवार को। वे हमेशा भाग-दौड़ में लगे रहते। जाने उन्होंने इतना बड़ा बगीचा क्यों

बनवाया था। वे आँख उठाकर भी उस ओर न देखते। एक पूर्वा ही थी जो धूप में कुर्सी निकाल कर लॉन में बैठ जाती। इसका एक और फायदा था, डाकिया डाक उसके हाथ में दे जाता। अन्यथा बार-बार सारे घर से पूछना "मेरी कोई चिट्ठी आई?" कोई बहुत अच्छा काम न था खास कर तब-जब कोई उसकी चिट्ठियों की परवाह नहीं करता था। जो जहाँ बैठा होता वहीं डाक खोल कर बड़ी लापरवाही से इधर-उधर रख देता। पूर्वा को अक्सर अपनी चिट्ठियाँ खुली मिलतीं। उसके नाम ज्यादातर सम्पादकों के स्वीकृति पत्र आते या पाठकों के पत्र। घर के लोगों की इन पत्रों में कोई दिलचस्पी न थी, फिर भी वे पत्र खोल जरूर लेते। दिलचस्पी न होते हुए भी पत्र खोल डालना उनके सँकरेपन का ही परिचायक था।

उस दिन भी पूर्वा धूप में बैठी चेखव की कहानी पढ़ रही थी। माँ, पिता को दफ्तर के लिए विदा कर चुकी थीं और अब अपनी ऊन-सलाई लिए बगल के बंगले की मिसेज़ माथुर से बात कर रही थीं। "साहब दफ्तर गए?"

"गए! तुम्हारे?"

"मेरे भी। अभी फुर्सत पाई है। सच में सुबह से नाचते-नाचते पागल हो जाती हूँ। कभी चाय बनाओ, कभी रेडियो चलाओ, कभी रूमाल ढूँढ़ो, कभी चश्मा। अपने हाथ से तो कुछ करना नहीं सीखा इन्होंने।"

"वही हाल हमारे इनका है। वह तो मैं अगर जेब में रुपये डाल दूँ तो ठीक है, वरना खाली जेब ही दफ़्तर चले जायें। एक-एक बात का ध्यान रखना पड़ता है।"

दोनों इतनी जोर-जोर से प्रदर्शन के अन्दाज में बोल रही थीं कि

पूर्वा का ध्यान बँट गया। उसे लगा जैसे दो आयायें अपने-अपने साहब की आदतों का बखान कर रही हैं।

"चलो पाँच बजे तक की तो छुट्टी। मैं तो खाना खाने के बाद घड़ी लगाकर सोती हूँ।"

"मुझे इतना वक़्त कहाँ। हमारे साहब तो शाम छह बजे जब आयेंगे, पूरी बारात साथ लायेंगे। मैं कहती हूँ बाकी लोगों की पत्नियाँ नहीं हैं, बस एक इन्हीं को मिली है अन्नपूर्णा।"

मिसेज माथुर ने मुँह बिचकाया, "हमारे साहब को दफ्तर के लोगों को मुँह लगाना पसन्द नहीं, बस काम से काम।"

माँ को पटकी लग गई इस बात में उन्होंने फौरन जवाबी हमला किया, "तुम्हारी गोरखपुर वाली ननद नहीं आई इस बार।"

मिसेज माथुर ने माथे पर बल डालते हुए कहा, "लखनऊ वाली कहो, उनके साहब का तबादला हो गया है।" अब मिसेज माथुर की बारी थी। उन्होंने बिना देर लगाए कहा, 'पब्बी का रिजल्ट क्या रहा, निकला कि नहीं।" "अभी कहाँ" माँ बोली, "विजय और शन्नो, दोनों का आ गया, दोनों मेरिट लिस्ट में आये हैं पर पब्बी का अभी आया ही नहीं है।"

माँ उसके बारे में बात करना पसन्द नहीं करती यह उनके चेहरे से जाहिर था। मिसेज माथुर जानबूझ कर पूर्वा की ही बात करती रहीं, "न भी सही, उसे कुछ तो करना चाहिए, मेरा मतलब कोई पेन्टिंग क्लास, कुकरी क्लास जॉयन कर ले वक्त कट जायेगा।"

पूर्वा अपनी कुर्सी पर खड़े होकर चिल्लाना चाहती थी "ओ मूढ़ औरतो, मेरा रिजल्ट आ गया है। मैं थर्ड डिवीजन में पास हुई हूँ। मैं नहीं जाना चाहती तुम्हारी पेन्टिग, कुकरी क्लासों में। मैं ऊन-सलाई लेकर खड़ी-खड़ी यह बकवास नहीं करना चाहती जो तुम लोग कर रही हो, मैं

किसी साहब की मेमसाहब नहीं बनना चाहती, तुम लोग मुझे पूर्वा क्यों नहीं रहने देते, बस निखालिस पूर्वा।"

पूर्वा जानती थी माँ ऐसे झटके बर्दाश्त नहीं कर पाती। उनके लिए उनकी प्रतिष्ठा से बढ़कर और कुछ नही था। पूर्वा उनकी प्रतिष्ठा को चुनौती थी। पूर्वा ने अपना सारा गुस्सा दाँतों के नीचे दबा, अपनी कुर्सी धूप से उठा ली और अन्दर कमरे में चली गई। उसे अपनी अगली कहानी मिल गई थी।

◆◆◆

अपने शहर की बत्तियाँ

वे दोनों एम० ए० तक पढ़ चुके थे और अब नौकरी करना चाहते थे। अपने को बेकार और हताश पाने की बजाय उन्हें अर्जियाँ भरना और इन्तजार करना पसन्द था, क्योंकि इस तरह वे एक अर्जी और दूसरी अर्जी के बीच की प्रतीक्षा का बोनस पा सकते थे। पंकज और संजीव के कई प्रतिभाशाली साथी प्रतियोगी परीक्षाओं में कामयाब हो गये थे और अब प्रशासनिक प्रशिक्षण के दौर में थे। आए दिन ऐसी सूचनाएँ उन्हें उदास और अकेला कर डालतीं। शाम बिताने की गर्ज से वे धूप ढलते ही सिविल लाइन्स की ओर निकल पड़ते। वहाँ भी कोई करिश्मा नजर नहीं आता। वे पाते शहर और जीवन में चीजें बिल्कुल उसी जगह खड़ी हैं, जहाँ कल, परसों और नरसों थीं।

पंकज ने फुटपाथ के किनारे युक्लिप्टस के नवजात पौधे रोपे हुए देखे तो उसे खुशी हुई कि चलो, कुछ तो नया हुआ ! वह और संजीव उस वक्त काफी-हाउस की रेलिंग पर टंगे टंगे बात कर रहे थे।

'लगता है नगर का सुन्दरीकरण होने जा रहा है।'

'सुन्दरीकरण कहाँ से होगा, जब सुन्दरियाँ ही नहीं हैं।'

'तुम तो बेवजह सख्त होते जा रहे हो, हमें तो हर लड़की सुन्दर लगती है।'

'तुम अभी निहायत कच्चे और कमअक्ल हो। मैं तुमसे दो साल बड़ा हूँ और मैंने दुनिया देखी है', 'संजीव ने मुँह बनाया, 'नगर की सभी सुन्दरियों के विवाह हो गये। सब-की-सब आइ. ए. एस. अफसरों,

एक्जेकिटिव इंजीनियरों और चतुर डाक्टरों की बीवियाँ बन कर चली गईं। अब रह गई हैं सिर्फ चन्द सिर-फिरी शोध छात्राएँ और धैर्य-कुमारियाँ!'

'सच यार, न जाने क्या बात है, हर आइ. ए. एस. अफसर की बीवी शानदार होती है। वह खुद चाहे कैसा भी हो, पर पत्नी बस परीलोक की सुन्दरी होती है।'

'वैसे सच तो यह है कि नगर का सुन्दरीकरण करने के लिए सिर्फ सुन्दरियाँ ही नहीं और भी बहुत कुछ चाहिए।'

'जैसे?' पंकज ने सवाल किया।

'जैसे यही कि सड़क के बीचों-बीच केले का छिलका न फेंकें, सिनेमाहाल में मूँगफली न चबाएँ, जगह-जगह लघुशंका न करें....।'

'अगर लघुशंका की आवश्यकता हो तो क्या करें?' पंकज हँसा

'नगर की सुन्दरता, स्वच्छता और सुरुचि के बारे में सोचते हुए अपने पेट के नलों को मजबूत बनाएँ।'

'तुम तो नगर-प्रशासक की तरह बोलने लगे। तो फिर प्रशासक जी, क्या यह जरूरी नहीं कि नगर के सुन्दरीकरण के लिए आप न पौधे लगाएँ, न गमले लटकाएं, बल्कि ज्यादा तादाद में प्रतीक्षालय और मूत्रालय बनवाएं।' दोनों दोस्त हँस पड़े।

'आजकल तुम किस पद के सपने ले रहे हो?' पंकज ने हँसते-हँसते पूछा।

'वन-विभाग के। इक्कीस तारीख को इम्तहान जो है।'

'तब तो सब हरा-हरा सूझ रहा होगा'

'नहीं, अभी तो सपने 'ब्लैक एण्ड ह्वाइट' ही आ रहे हैं। इम्तहान पास कर लूँ तो शायद रंगीन दिखने लगें। लेकिन मामला मुश्किल है। कुल अस्सी पदों के लिए तेरह हजार उम्मीदवार हैं।'

'खुदा खैर करे। मैंने तो यह भी पता नहीं किया कि मेरी नौकरी पर कितने हजार लोगों की अर्जियाँ हैं।'

'तुम्हारे आवेदन-पत्र की संख्या क्या थी?'

'तीन सौ पाँच।'

'यानी तीन सौ पाँच लोग हिन्दी का प्राध्यापक होने की न्यूनतम योग्यता रखते हैं और तुम्हारे पास तो पी. एच. डी. भी नहीं है।'

पी. एच. डी. कोई पान की दूकान पर तो मिलती नहीं जो ले आऊँ। धीरे-धीरे ही होगी।'

'तो आजकल जनाब को सपनों में क्या दिख रहा है?"

'मत पूछो। बड़े से कालेज का फाटक, जहाँ छात्र हड़ताल पर हैं और अध्यापक स्टाफ रूम में आराम कुर्सियों पर पैर फैलाए आराम फर्मा रहे हैं। न पढ़ने से मतलब, न पढ़ाने से ताल्लुक, चैन से तनखाह काट रहे हैं हर महीने।'

'जो हो, जब तक कहीं लग नहीं जाते, बड़ी मनहूसियत होती है। मेरी तो कहीं आने-जाने की भी इच्छा नहीं होती, यहाँ तक कि घर भी।'

'मैं तो तुम्हारे सिवा किसी से बात तक करना गवारा नहीं करता। भाई की पाँच चिट्ठियाँ आई पड़ीं हैं, जबाब में उन्हें क्या लिखूँ!'

'मुझे तो अपने घरवालों की उम्मीदों से डर लगने लगा है। जिसे देखो वही उम्मीदों की लालटेन जलाए बैठा है।'

'पिताजी समझते है। मैं भरपूर कोशिश नहीं करता, इसलिए मुझे नौकरी नहीं मिलती। उनके जमाने से लेकर आज तक चीजें कितनी बदल गई हैं, वे नहीं समझते।'

'दरअसल हमारा शहर धीरे-धीरे मरता हुआ एक शहर है। इसमें नौकरी, विकास और प्रेम की गुंजाइश दिन-ब-दिन कम होती जा रही है।

'फिसड्डी लड़कों को लड़कियाँ भी मुँह नहीं लगातीं। देखा नहीं, शिखा उस दिन कैसे कन्नी काट कर निकल गई यहाँ से।'

तभी उन्हें सामने से एक बुजुर्ग आते दिखाई दिए। वे दुबले-पतले और लम्बे से व्यक्ति थे। उन्होंने धोती कुर्ता पहना हुआ था और काफी तेज चाल से चल रहे थे। उनके मुँह में पान भरा हुआ था, फिर भी वे अपनी शक्ल से एक बातूनी आदमी दिखाई दे रहे थे।

'अगर अपने शहर के दस महाबोर लोगों की सूची बनाई जाए तो उसमें इनका नाम सर्वप्रथम लिखना पड़ेगा', पंकज ने कहा, 'भाग लो !'

वे दोनों इस तरह सड़क क्रॉस करने लगे, जैसे उन्होंने उन्हें देखा ही न हो।

'तुम्हें कैसे पता ये बोर हैं।' संजीव ने पूछा।

'ये भी पिताजी के साथ ए. जी. आफिस में काम करते हैं, आकुलजी, व्याकुलजी शायद नाम है इनका। इनके बारे में मशहूर है कि इनकी पत्नी इन्हें इसलिए छोड़ कर चली गई कि वह और ज्यादा इनकी रचनाएँ बरदाश्त नहीं कर पाई। तब से ये अपना साहित्य घर की महरी और महाराजिन को सुनाते हैं।'

'तोते और बिल्लियों का नम्बर कब आएगा?'

'छोड़ो यार, लेखक भी बोर इनके किस्से भी बोर ! कोई और बात करो।'

'ज़ाने क्या हुआ है, नौकरी के सिवा और कोई बात अच्छी ही नहीं लगती।'

'ऐसा करें दिल्ली चलें। वह सचिवालय वाले पद के लिए अर्जी भी लगा देंगे, छब्बीस जनवरी आ रही है, परेड भी देख लेंगे, घूमघाम आएँगे।' पंकज ने उत्साह से कहा। उदास और बेचैन वह भी कम नहीं था, पर वह संजीव को खुश और हल्का करना चाहता था। आखिर वह उसका दोस्त था। उसे पता था छब्बीस जनवरी को राष्ट्रीय अवकाश में अर्जी लगाना सम्भव न होगा लेकिन इस तथ्य को न वह कहना चाहता था न सुनना। यह प्रतीक्षा की राजनीति थी।

दो-एक दिन इस प्रस्ताव पर विचार-विमर्श किया गया, फिर यही तय किया कि यह कार्यक्रम ठीक रहेगा। अपनी रोजमर्रा की मनःस्थिति में तो सब-कुछ बर्दाश्त से बाहर था ही। घूम आने से दिल भी बहल जाएगा और वक्त भी कट जाएगा। संजीव थोड़ा ढुलमुल था कि घर पर कौन-सा बहाना बनाया जाए ! पर फिर दोनों ने अर्जी वाली बात जोरदार तरीके से कह डाली, 'सचिवालय में अर्जी लगानी है, वक्त कम

है, डाक का क्या भरोसा, समय से अर्जी पहुँचे, न पहुँचे! इस नौकरी में बहुत चान्स है!'

घरवालों की मुँह सुजाऊ सहमति और सौ-सौ रुपये प्राप्त कर वे दिल्ली के लिए रवाना हो गए।

गाड़ी में दिन अच्छा बीता। ठण्ड थी, पर काबिले बरदाश्त। अलीगढ़ के पास बरसात शुरू हो गयी और इस तरह उनके मन से इलाहाबाद की मनहूसियत बिल्कुल धुल-पुँछ गई। ठण्ड बढ़ी तो उन्होंने मफलर से कान भी ढंक लिए।

दिल्ली जंक्शन का समझ न आने वाला भूगोल उन्हें सिर्फ विस्मित ही नहीं, विमुग्ध भी कर रहा था। आखिर वे अपने देश की राजधानी में थे। उन्होंने अपनी अटैची क्लोक-रूम में रखी और फिर वे घूमने निकल पड़े। दिल्ली उनकी देखी हुई थी, फिर भी उनके लिए नई थी। हर बार उसमें इतना कुछ नया जुड़ जाता कि वह नई दिल्ली हो जाती। उन्हें लगा वे अपने शहर से चल कर, हिन्दुस्तान के नहीं किसी और देश के किसी शहर में आ गए हैं। अजब शहर था यह, स्वदेशी होते हुए भी विदेशी और विदेशी होते हुए भी स्वदेशी। जैसे-जैसे शाम उतर रही थी, शहर शरारती होता जा रहा था, खूबसूरत, शोख और शातिर। कनाट प्लेस के गोल घेरे का चक्कर लगाते-लगाते वे चकरा गए। विजय चौक से जब उन्होंने इण्डिया गेट की तरफ देखा, तो रात, चाँद और बिजली के वैभव के बीच उन्हें लगा वे दुनिया का सबसे सुन्दर दृश्य देख रहे हैं। उस दृश्य का रूप और विस्तार, लाल पत्थरों का स्थापत्य, सड़कों का विलक्षण विभाजन, रोशनी का सतर्क सन्तुलन, सब कुछ अनुपम था। पंकज और संजीव को लगा वे एक दुर्लभ अनुभव से गुजर रहे हैं। जीवन में पहली बार वे भारतीय नागरिक होने के गर्व से भर गए !

अगले दिन उसी स्थल पर गणतंत्र दिवस का समारोह देखना एक अलग, अनोखे अनुभव से गुजरना था। परेड देखते हुए वे भूल गये कि वे उपेक्षित हैं, बेकार हैं, अकेले हैं। उन्होंने सबके साथ जोशो-खरोश से

राष्ट्रगान गाया। उन्हें लगा उनकी चिन्ताएँ कितनी टुच्ची हैं, मुल्क कहाँ-से-कहाँ पहुँच गया है और वे एक अदद नौकरी की खातिर कुड़-कुड़ करते बैठे हैं।

संजीव ने कहा, 'देखा, बड़े शहर में रह कर दिमाग भी खुलता है और दिल भी!'

पंकज बोला, 'मेरी तो दिली तमन्ना है, कहीं दिल्ली में ही नौकरी मिल जाए।'

'फिर नौकरी?' संजीव ने डांटा, 'वह देखो, क्या कहा जा रहा है कि हमें गाँधी जी के सपने पूरे करने चाहिए, सच्चाई की राह पर चलना चाहिए और अच्छे नागरिक बनना चाहिए।'

'वह सब तो ठीक है' पंकज ने उत्तर दिया, 'पर अगर हम जीवन भर गाँधी जी के ही सपने पूरे करते रहे तो हमारे अपने सपने कब पूरे होंगे?'

संजीव ने मुँह पर अंगुली रख उसे चुप कर दिया।

संजीव का मोहभंग कुछ ही देर बाद होना था। उस रोज बारिश थी, ठण्ड थी, हवा थी। उनके पास कपड़े भी कम थे और पैसे भी। मेला खत्म होने के बाद भीड़ छंटते ही साँसों की गरमी छितरा गई और ठिठुरन महसूस होने लगी। चौड़ी सड़क पर खड़े होना व्यर्थ और हास्यास्पद लगने लगा। वे संकरी गली की तलाश में भटकते रहे, पर नई दिल्ली में गलियाँ नहीं थीं।

बहुत भटकने के बाद वे जनपथ पहुँचे। वहाँ मन लगाने को बहुत-कुछ था, पर उन्हें भूख लगी हुई थी। बार-बार अपनी जेब थपथपाते वे आगे बढ़ते रहे और उस जगह पहुँच गये, जहाँ दुकानें खत्म होती थीं और ढाबे शुरू। कई ढाबों में शीशे के दरवाजे लगे थे। उन पर वन्दनवार की तरह छिले हुए मुर्गे लटक रहे थे। तन्दूरी रोटी और प्याज की खुशबू उन्हें वहाँ खींच ले गई।

सुबह से उन दोनों ने दो प्याले चाय और दो डिब्बी सिगरेट के सिवा और कुछ नहीं खाया-पिया था।

हालांकि भूख तगड़ी थी, उन्हें जेब का लिहाज भी था।

मांसाहारी होते हुए भी उन्होंने शाकाहारी भोजन मँगाया। साबुत उड़द की दाल, आलू गोभी के साथ उन्होंने गिन कर आठ रोटियाँ मंगाईं। लेकिन दाम चुकाते वक्त वे चौक गए। यही खाना तेईस रूपये का हो गया ! अपने शहर के चुन्नीलाल के ढाबे में इतने खाने का बिल मुश्किल से पाँच रुपये आता। दोनों को तकलीफ हुई।

खाने के बाद ठण्ड भी ज्यादा लगने लगी। इस बार पूरी डिब्बी की जगह सिर्फ चार सिगरेटें खरीदीं गईं। उन्हें डर था कि इसी रफ्तार से पैसे खत्म होते गए तो वे शायद वापसी का टिकट भी न ले पाएं। सहसा उन्हें यह शहर पराया लगने लगा। उन्हें लगा वे परदेश में हैं।

स्टेशन की तरफ जाते-जाते संजीव ने खिसियाई हँसी हँसते हुए कहा, 'इस शहर के लोग खाना कैसे खाते होंगे?'

'असली सवाल यह नहीं है', पंकज ने कहा, 'असली सवाल है कि इस शहर के लोग क्या रोज़ खाना खाते होंगे?'

'उसी हिसाब से कमाते भी होंगे !' संजीव ने कहा।

दरअसल अपने शहर में उन्होंने कभी खाने-जैसे विषय पर चिन्ता या चर्चा नहीं की थी। अपने-अपने घर के बड़े बेटे थे वे। पूरी शाम भटक कर भी पहुँचते तो घर पर खाना गर्म और भरपेट मिलता। आज तक की अपनी उम्र में न उन्हें कभी रोटी गिनने की जरूरत पड़ी, न कटौती करने की। घर के रहते वे कभी तंगपेट नहीं रहे, तंगजेब भले ही रहे हों।

'मेरा तो मन उखड़ रहा है,' संजीव ने कहा, 'इतनी ठण्ड में रात कहाँ बिताएँगे?'

'अब आए हैं तो एकाध दिन रह ही लें !'

'तुम क्या सोचते हो, वेटिंग रूम में रोज़-रोज़ कोई मुफ्त सोने देगा? फिर बिस्तर भी पास नहीं है। कल रात भी मैं ठंड से अकड़ रहा था।'

'अभी सिर्फ बारह बजे हैं। तीन बजे एक गाड़ी जाती है।'

पंकज रुकना चाह कर भी जिद का साहस बटोर नहीं पाया। टिकट खरीदने के बाद जेब में गिने-चुने पैसे बचे थे।

वापसी का सफर वापसी के सफर की तरह तकलीफदेह था। रेल में वे उर्दू में भी सफर करते रहे और अंग्रेजी में भी। गैर-आरक्षित डिब्बे में इन्सान असबाब की तरह अंटे थे। बस, एक बात अच्छी थी। ठसाठस भीड़ होने के कारण ठण्ड कम लग रही थी।

हालांकि गाड़ी तेज चल रही थी, दोनों दोस्तों का मन उससे भी तेज। दिल कई-कई स्टेशन आगे भाग रहा था। वे जल्द-से-जल्द अपने सगे, सुपरिचित और सहज शहर में वापस पहुँच जाना चाहते थे। इस शहर ने तेईस साल इन्हें पाला था—पौधों की तरह। उन्हें अपने पर शर्म आई कि वे यहाँ से भाग निकलने की सोच रहे थे, अब, जब वे इस शहर को सहारने, संभालने की उम्र पर आ पहुँचे हैं।

फतेहपुर के बाद ही वे अपनी अटैची उठा कर खड़े हो गए अंधेरा गहरा था। खिड़की के शीशों के पार और भी गहरा लग रहा था। उन्होंने जेब से आखिरी सिगरेट निकाल कर सुलगाई। मनौरी के बाद गाड़ी रुकी। कुछ मिनट बाद उन्हें क्षितिज की तरह दिख पड़ीं अपने शहर की बत्तियाँ। बत्तियों की झलक मात्र से सारा शहर उनकी बाहों में आ गया। ये थीं उनके शहर की बत्तियाँ, टिम-टिम, दिप-दिप, जैसे जादुई चिराग, जैसे चूल्हे की आग, जैसे गर्म अलाव। इतनी दूर से भी ये जगमग बत्तियाँ उन दोनों को अपनेपन की गरमी से भर गईं।

प्लेटफार्म पर उतर उन्होंने जोर-जोर से साँस ली, पैर पटक दिल्ली की धूल झाड़ी और आँखों में उम्मीद की नई चमक लिए अपने-अपने घर की ओर चल दिए।

◆◆◆

आहार

दफ्तर के सुस्त माहौल में थोड़ी-सी जान आयी।

नीरज ने मनोरंजन क्लब की स्थापना की जरूरत समझायी। उसका कहना था, दफ्तर में लोग घर से ज्यादा घंटे बिताते हैं, घर की अपेक्षा ज्यादा मेहनत करते हैं, और यहाँ घर से बेहतर संग-साथ मिलता है, इसलिए सार्थक मनोरंजन दफ्तर में ही उपलब्ध होना चाहिए।

सबने उसका समर्थन किया।

नीरज स्वयं अभी अविवाहित था, दफ्तर का इकलौता आजाद परिंदा। नहीं तो निदेशक से लेकर चपरासी तक, सब कुछ इस कदर विवाहित थे कि उन्हें अपनी आजादी के दिनों की धुंधली-सी भी याद शेष नहीं थी। सबके पास अपनी-अपनी पत्नी और परेशानी थी।

जीवन में मनोरंजन की बेहद कमी थी। मौज-मजे के नाम पर ले-देकर रविवार को पत्नी के साथ पिक्चर जाना या दोसा खाना रह गया था। तीनों चीजें अतिपरिचित हो जाने के कारण अब घटी दरों पर आनंद देती थीं।

नीरज की ताजगी और बागी तबीयत से कुछ लोग खुश थे तो कुछ नाखुश। जब क्लब के लिए चंदा इकट्ठा करने की बात उठी तो पाया गया कि खुश लोगों में से सिर्फ आठ चंदा देना गवारा कर सकते थे। दो-एक नाखुश लोगों ने भी चंदा दे डाला क्योंकि वे किसी भी काम में पीछे नहीं रहना चाहते थे। उनके पास पैसों की कोई दिक्कत नहीं थी, फिर जासूसी उनका प्रिय शगल था।

अब सवाल उठा कार्यक्रम का। वैसे तो क्लब के उद्देश्य अंतर्राष्ट्रीय पैमाने के थे। फिलहाल उसकी गतिविधियाँ केवल खाने-पीने तक सीमित रखी गयीं। तय हुआ कि महीने में एक दिन किसी बढ़िया रेस्तराँ में इकट्ठे लंच लिया जाये। हो सके तो किसी दिन पिक्चर भी देखी जाये।

पंद्रह रुपये प्रति सदस्य के हिसाब से अच्छी-खासी रकम जमा हो गयी। शनिवार की दोपहर दस लोगों की यह टोली मस्ती में निकली। नीरज ने बांबेली का चुनाव किया। कई लोग तो आज पहली बार यहाँ घुसे थे। पटरी पर भेल-पूरी और उडुपी भोजनालय में इडली-दोसा के अलावा उनका रेस्तराँ इतिहास नगण्य था। वे आँखें फाड़-फाड़ कर वर्दी की सजावट देखने लगे। नीरज आज का हीरो था। वह उन्हें शहर के हर मँहगे रेस्तरां के बारे में बताने लगा।

खाने में 'बटर चिकन' से लेकर 'मलाई कोफ्ता' तक सब मँगाया गया। आखिर में आइसक्रीम भी खायी गयी। नीरज ने बाकी बचे रुपयों से वेटर को तगड़ा टिप दे डाला। सबने एक शहंशाह के उल्लास से वेटर को झुकते देखा और दुगने तृप्त हो गये।

लेकिन अगले महीने ही गड़बड़ शुरू हो गयी। चंदा देते समय पवन अग्रवाल ने अपना विरोध-प्रस्ताव पेश किया। उसने कहा, वह तो पंद्रह रुपये देकर महज मटर-पनीर खाता है और उसके साथी समर राय, नीरज सक्सेना, दीपक अरोड़ा, युसूफ वगैरह बटर-चिकन उड़ाते हैं, यह कहाँ का इंसाफ है। ए0 पी0 गुप्ता, महेश तिवारी और हेमेन्द्र चतुर्वेदी पवन की तरफ हो गये—"हाँ, यह तो सरासर अन्याय है, हमारे रुपये पानी में जा रहे हैं।"

नीरज और उसके साथियों ने गहरी चिढ़ से उन्हें देखा, 'आ गये न आप लोग अपने टुच्चे सवालों पर। मनोरंजन में भी बही-खाता खोल लिया। पवन, रहे तुम बनिये के बनिये !"

पवन ने अपने पन्द्रह रुपये कसकर मुट्ठी में पकड़ रखे थे। बोला, "यह क्या तमाशा है कि लुटो भी और मजाक के पात्र भी बनो !"

समर बोला, "तो तुम भी पिया करो केकड़े का सूप और खाओ लोबस्टर सलाद। तुम्हें कौन मना करता है। कलकत्ते में बड़े-बड़े बनियों को हमने सैगी मछली चबाते देखा है।"

पवन ने कटखना सवाल किया, "तुम्हारे कहने से हम अपना धर्म बिगाड़ लें?"

नीरज व्यंग्य से हँस दिया, "तुम्हारा धर्म पतली दाल में घी की बूँद की तरह तैरता रहता है क्या? भई कद्दू, करेला खाने वाले मेहरबान इस क्लब में कतई शामिल न हों।"

यह नियम पवन को मंजूर नहीं था कि उसके बिना दफ्तर में कोई भी कार्यक्रम निपटाया जाये। वह तो उन बातों में भी बोलता था जो उसकी समझ में नहीं आती थीं, फिर यह तो समझ में आ रही थी। उसने मुँह फुलाकर चंदा दे दिया। उसकी देखा-देखी ए० पी०, महेश, हेमेन्द्र ने भी चंदा दे दिया।

ए० पी० ने एक महत्वपूर्ण फैसला तुरंत सुना दिया, "हमारा हाजमा तो माँ ने लौकी-परवल खिला-खिलाकर ऐसा बना दिया कि खिचड़ी के सिवा कुछ पचता ही नहीं, लेकिन यारो, तुम भी क्या याद करोगे, अपुन भी खाकर देखेगा शामी कबाब। कबाब में धरा ही क्या है! चने की दाल, प्याज, मसाला और जरा-सा कीमा!"

ए० पी० की बात ने असर छोड़ा, पाँच में से दो माँसाहारी बनने को तैयार हो गये। उनका यह फैसला स्वादगत था या अर्थगत, इस पर लम्बी बहस की गुंजाइश थी।

अगले शनिवार टोली वही थी, बस जगह बदल ली गयी। पवन अग्रवाल ने गेलॉर्ड में घुसते ही तय कर लिया कि यहाँ से उठते समय वह चाँदी का एकाध चम्मच जरूर जेब में डाल लेगा ताकि उसका घाटा पूरा हो जाये। हेमेन्द्र चतुर्वेदी ने पहले ही सोच रखा था कि आज वह एक की जगह दो-दो आइसक्रीम खायेगा। ये गोश्तखोर लोग उसे लूलू समझते हैं क्या !

नीरज ने ऑर्डर दिया और वे सब इधर-उधर की बातों में वक्त का शिकार करने लगे। सबकी कोशिश थी कि दफ्तर की बात न की जाये, पर सबको सिर्फ दफ्तर की बात आती थी।

महेश को बहुतभूख लगी हुई थी। इस लंच की आशा में आज उसने नाश्ता भी ठीक से नहीं किया था। जिस दिशा में वेटर गया था उस दिशा में देखते हुए उसने कहा, "पता नहीं रेस्तरां में खाना आने में इतनी देर क्यों लगती है। जितना महँगा रेस्तराँ, उतना लंबा इंतजार।"

"दरअसल ढाबों में खाते-खाते तुम्हें चटपट निपटने का अभ्यास हो चला है!"

"तुम कौन-सा ताज में खाते हो रोज ?" महेश ने चिढ़ कर कहा।

"अगर वाकई भूख लगी हो तो खाना कैसा भी हो, बढ़िया लगता है। महँगे और सस्ते रेस्तरां में बस यही तो फर्क होता है कि सस्ते रेस्तराँ में रसोई आगे होती है और महँगे में पीछे।" सरदेसाई प्रगतिशील विचारों का अधेड़ आदमी था। वह हमेशा समाज में व्याप्त विषमताओं के कारण ढूँढ़ता रहता था।

"नहीं," महेश बोला, "यों कहो महँगी जगह में चोचलेबाजी ज्यादा होती है। अभी वेटर मेजपोश बिछायेगा, फिर छुरी-काँटे सजायेगा, नेपकिन लगायेगा, इतनी देर में मेरा तो दम निकल जायेगा।"

वाकई वेटर आया और ये सब टीमटाम कर गया।

पवन ने कहा, 'क्या जरूरत है इतने सफेद बुर्राक मेजपोश की। घरों में बिस्तर पर चादर भी इतनी साफ नहीं होती जितना यह मेजपोश।"

"तुम्हारे क्या कहने," समर ने कहा, "सुना है तुम्हारे यहाँ छह महीने में चादर बदली जाती है और सालभर में तकिये का गिलाफ।"

"तुम्हारा सिर," पवन झल्लाया, "तुम साले झाल मूड़ी खाने वाले, यहाँ बैठकर इतरा रहे हो। हम अग्रवालों का खाना कभी नसीब न हुआ होगा तुम्हें। जब गर्मागर्म बालूशाही और खोये का लड्डू चखोगे तो छैने की सब मिठाइयाँ भूल जाओगे।"

“हाँ, मिठाई में जवाब नहीं,” नीरज ने हामी भरी, “इसकी शादी की दावत में शामिल हुआ था मैं। वाह क्या घी की खुशबू थी, हफ्तों नाक की वह हालत रही कि गुलाब भी सूँघू तो देशी घी ही महकता था।”

खाना आ गया। पवन, हेमेन्द्र और महेश छोले और मलाई कोफ्ते से समझौता करने लगे। ए0 पी0 ने आँख बंदकर मुँह में कबाब डाला और चिल्लाया, “यूरेका, यूरेका बिल्कुल पकौड़ा है।” नीरज ने घुड़का, “कुछ ख्याल करो, इसे चौपाटी समझ रखा है क्या?”

दिन के इस वक्त कई मेजें घिरी हुई थीं। बाकी मेजों पर लोग शांत, शिष्ट ढंग से खा रहे थे। लेकिन इस मेज का माहौल कुछ अलग था। दरअसल खाते हुए चुप रहना किसी के बस की बात न थी। दफ्तर में भी लंच टाइम में ये लोग काफी हो-हल्ला करते थे। नीरज लगातार हेडमास्टर की तरह सबको फटकार रहा था, पर मामला उसके हाथ में था नहीं। फिर उसे मजा भी आ रहा था। वह तो जगह की मजबूरी थी।

बाकी मेजों पर बैठे हुए लोग खाकर उठ गये। उनमें ज्यादातर बिजनेस एक्जीक्यूटिव थे, जिनका ध्यान खाने पर कम और कमाने पर ज्यादा था। उनके लिए इन जगहों पर आना रोज का अनुभव था। लेकिन ये लोग बैठे रहे, अपनी-अपनी प्लेट के सहारे। कोई इस माहौल से हटना नहीं चाहता था। हर आदमी धीरे-धीरे खाना खा रहा था, बैठे रहने का बहाना।

बेयरों के चेहरों पर से लंच का तनाव हट चुका था, उसकी जगह उन पर अब चाय-कॉफी की लापरवाही थी। अगले तीन-चार घंटे वे काम करते हुए आराम और आराम करते हुए काम कर सकते थे।

तभी पारदर्शी दरवाजे को ठेलकर एक परिवार अंदर आया। कुल तीन सदस्य-शायद माँ, बाप और बेटी।

वे समुद्र की ओर खुलने वाली खिड़की के पास बैठने ही वाले थे कि माँ अपना घुटना पकड़कर कुछ बुदबुदायी। पिता-पुत्री हॉल के दूसरे कोने की एक तिकोनी मेज पर चले गये। थोड़ी देर में माँ भी आ गयी,

मंथर गति से, अपने विशाल कूल्हे हिलाती हुई। वह साक्षात्, मारियो की मॉडल लग रही थी। वह लड़की का भविष्य थी या लड़की उसका अतीत, दोनों ही अंदाज दुःख देने वाले थे।

लड़की बेहद सुडौल थी। मॉड सलवार-कमीज और खुले बालों में उसकी चपलता छलछला रही थी। माँ और पिता के बीच बैठी वह इतनी ताजी, तत्पर और तरंगमय लग रही थी कि वह किसी भी क्षण चिड़िया की तरह चहचहा उठती। पति-पत्नी के चेहरे इतने थके-चुके थे कि यह कहना मुश्किल था कि लड़की के चेहरे पर इतनी ताजगी कैसे है !

वेटर के आने से पहले पिता उठकर टॉयलेट में चला गया। माँ ने शिथिल हाथों से पर्स में से दो-चार गोलियाँ निकाली। पानी आने पर एक-एक कर माँ ने आठ गोलियाँ निगल ली। उन लोगों ने वेटर को एक संक्षिप्त ऑर्डर दिया। शायद उन्हें कुछ खाना नहीं था। थोड़ी देर में पिता भी अपनी गंजी, चमकदार चाँद पर हाथ फेरता हुआ वापस आ गया।

नीरज सक्सेना दोस्तों का नेतत्व करना भूलकर लड़की को देख रहा था। उसे लगा यह लड़की नहीं, खिड़की है, इस खिड़की से देखा दृश्य बेहद मनोरम है। उसकी अविवाहित आँखों ने कई सपने देख डाले। पवन अग्रवाल को यकायक छोलों में बटर चिकन का स्वाद आने लगा। वह प्रसन्नचित्त अपना खाना खाने लगा। हेमेन्द्र की पत्नी आजकल मैके गयी हुई थी। उसने लड़की की ओर बड़ी भूखी नजरों से देखा, हालांकि वह भरपेट खाना खा चुका था। उसे लगा यह गेलॉर्ड नहीं, उसका घर है। लड़की कुर्सी पर नहीं, उसके बिस्तर पर बैठी है। उसकी आँखों में एक अदद बेडरूम तैरने लगा। समर राय इन दिनों एक ऐसी लड़की के प्रेम में पड़ा हुआ था जो बेहद दुबली, लंबी होने के साथ-साथ चश्मा भी लगाती थी और सिगरेट भी पीती थी। इस लड़की को देख समर राय को अपनी पसंद पर पहली बार अफसोस हुआ। उसे लगा यही उसकी कल्पना कामिनी है। उसने एक दर्जी की नजर से लड़की का चौंतीस-इक्कीस-चौंतीस देखा और तबीयत बागबाग हो गयी। सरदेसाई ने मन-ही-मन सोचा कि अगर एकाध ऐसी लड़की दफ्तर में हो तो न

इतनी हड़तालें हों और न इतना असंतोष। हेमेन्द्र, पवन, महेश, कोई भी शाकाहारी खाने की शिकायत नहीं कर रहे थे।

लड़की लिम्का पी रही थी। उसके माता-पिता कॉफी। एक-दो सिप के बाद लड़की ने स्ट्रॉ निकालकर रख दी और सीधी बोतल से गटकने लगी, छोटे-छोटे घूंट, जितनी बार बोतल के साथ लड़की गर्दन उठाती, लड़कों की टीम के सिर भी उठ जाते। उन्हें अपने हलक में वाकई लिम्का की तरावट महसूस हो रही थी।

◆◆◆

पचीस साल की लड़की

'राजाराम इस वक्त छुट्टी पर है। छह बजे आयेगा। मैं तुम्हारे लिए चाय लाती हूँ। तब तक तुम अखबार पढ़ो।' मिसेज शर्मा ने कहा और रसोई में चली गयीं।

राजाराम दफ्तर का वह चपरासी है, जो सिर्फ रजिस्टर पर हाजिर रहता है। उसे इस बात की कोई शर्म नहीं। शर्म साहब को भी नहीं। राजाराम को तो घमंड ही है। साहब को भी घमंड है। मैं तो आज पहली बार सोफे वाले कमरे तक आयी हूँ।

मातहत होते हुए भी मुझे 'तुम' संबोधन अखर गया। मिसेज शर्मा के वाक्य में आत्मीयता से अधिक आदेश था। दरअसल, मुझे पता ही नहीं चलता, कब मिसेज शर्मा आत्मीय हो जाती हैं, कब अफसराना ! मैं हर बार चपेट में आ जाती हूँ।

इस वक्त दिन के साढ़े चार बजे थे। यह अखबार पढ़ने का वक्त कतई नहीं था। कुछ लोग हर वक्त अखबार पढ़ सकते हैं। एक बार पढ़ कर उनकी तसल्ली नहीं होती। वे टिफिन बाक्स के साथ तहा कर अखबार दफ्तर ले आते हैं। दफ्तर में वे मेज पर वही अखबार बिछा कर खाना खाते हैं, और शाम, फिर उसे टिफिन बॉक्स के साथ मोड़कर वापस ले जाते हैं। रात खाने के बाद अखबार-अध्ययन की एक और किस्त के दौरान वे पढ़ते -पढ़ते उसे ओढ़ कर सो जाते हैं। उन्हें देखकर यही लगता है कि ये भयंकर प्रबुद्ध हैं, जबकि ऐसे लोगों की दुनिया के बारे में कोई सय नहीं होती।

मैं अखबार को उतनी ही फुरती से निपटाती हूँ जितनी फुरती से नहाती हूँ।

उसके पहले का समय घनघोर आलस का होता है। दरअसल सुबह मेरी नींद न अखबार वाले से खुलती थी, न दूधवाले से। दोनों अपना-अपना माल पड़ोसियों की ईमानदारी के भरोसे बरामदे में छोड़ जाते। वर्षों से मुझे जगाने का काम देवकीनंदन पांडे और शिवसागर मिश्र कर रहे थे। नहीं, मैं समाचार नहीं सुनती। उनकी गुरू-गंभीर आवाज कान में पड़ते ही अफरा-तफरी का एक पूरा खाका मेरे सामने खिंच जाता- उठो नहाओ, खाओ और जाओ। बस छूटी, देर हुई। देर से दुर्घटना भली।

पाँच मिनट बीतने पर भी मिसेज शर्मा प्रगट नहीं हुई। मैंने कल्पना की कि मिसेज शर्मा ने पहले स्टोव जलाने की कोशिश की होगी। असफल होने पर वे छोटी गैस से भिड़ रही होंगी। शायद यह अंदाज गलत हो। शायद वे अतिरिक्त संवेदनशीलता से चाय बना रही थीं। अभी कुछ देर पहले मैंने पास रखे बेगम अख्तर के एल0पी0 को हसरत से देखा था, तो उन्होंने कहा था, 'हमारा इस्टीरियो तो बड़ा सेंसिटिव है, झट सुई निकल जाती है। मैं खुद कभी हाथ नहीं लगाती।'

मैं वहीं जाम हो गयी थी।

टेलीफोन इस्तेमाल करने की कोशिश का भी यही हश्र हुआ था। मैं उपनिदेशक जी को सूचित करना चाहती थी कि निदेशक जी अभी नहीं लौटे हैं, पर मिसेज शर्मा ने फौरन टोक दिया, 'जाने कैसा फोन है यह, बड़ी जल्दी बिगड़ता है। एक बार बिगड़े तो जल्दी ठीक भी नहीं होता। फोन के बिना तो उनका एक मिनट गुजारा नहीं।'

अब बैठे-बैठे मुझे दहशत हो रही थी। इतनी सेंसिटिव चीजों के बीच मुझे कैसा बरताव करना चाहिए, समझ नहीं आ रहा था। यहाँ तक कि टॉयलेट में जाकर मैंने कमोड इस्तेमाल करने के बाद फ़्लश की जंजीर को हाथ भी नहीं लगाया, कहीं यह भी सेंसिटिव हो और मिसेज शर्मा दौड़ी आयें।

तय दरअसल यह करना था कि फ़्लश ज्यादा सेंसिटिव था, या मिसेज शर्मा की नाक। न जाने क्यों, मेरे दिमाग में संवेदनशीलता की तसवीर केवल दुबलेपन की थी। मोटे थुलथुल लोगों को संवेदनशील मानना मेरी संवेदनशीलता को गवारा न था। हालांकि कुछ दुबले लोग भी खासे चीमड़ किस्म के होते होंगे, पर यह एक खयाल था, जो मेरे मन में सिद्धांत बनता जा रहा था। मिसेज शर्मा का स्वास्थ्य अतिरिक्त उत्तम था, जैसा अक्सर दुबले पुरुषों की पत्नियों का होता है। उनका दांपत्य जीवन तालमेल से शुरू होकर घालमेल पर जा पहुँचा लगता था। शर्मा जी अब, अपनी पत्नी के छोटे भाई, या देवर लगने लगे थे। छोटा कद, हलका बदन और पतले चेहरे वाले शर्मा जी निदेशक की बजाय निदेशक के पी0ए0 लगते। मिसेज शर्मा ने इस बीच डायटिंग की कोशिशं क्यों नहीं की, यह सोचने का विषय था। विवाह के समय का शर्मा दंपति का एक चित्र कमरे में सजा था जिसमें शर्मा जी तो कमोवेश वैसे ही लग रहे थे जैसे अब किन्तु मिसेज शर्मा पहचान में नहीं आ रहीं थीं। उस चित्र में आँखें झुकाये वे सलज्ज, सुन्दर और सुडौल लग रही थीं। अब यह कहना मुश्किल था कि उन्होंने समय का दुरुपयोग ज्यादा किया, या समय ने, उनका।

'लो, पियो।' के आदेश के साथ मेरे सामने एक प्याला चाय आ गयी, बनी बनायी। चाय के भूरे रंग को दूध -चीनी के मेल से सुनहरा होते देखने का अबोध आश्चर्य कुचल गया। यह नन्हीं ऐय्याशी मुझे कितनी प्रिय है, कैसे बताऊँ।

'आप? मैंने पूछा।

'मेरा व्रत है।' सूचित करने के बाद वे ठीक मेरे सामने बैठ गयी। एकाएक मुझे वे दिन याद आ गये, जब माँ इस तरह सामने बैठ कर हम बच्चों को दवा पिलाती थीं। हमें इधर-उधर हिलने का मौका दिये बगैर वे एक कठोर नर्स की तरह काम खत्म कर चल देतीं। दवा कसैली के साथ-साथ विषैली भी लगती। देर तक़ बदन् में झुरझुरी और मुँह में उलटी आती रहती।

यहाँ तो मामला और भी विकट था। हथिनी आकार, शेर मुखाकृति और लोमड़ दृष्टिवाली मिसेज शर्मा अपने समस्त जप, तप और व्रत से लैस मेरे सामने बैठी थीं, मानों ये तीन ताले थे, जिनके बाहर मैं खड़ी थी। शायद इनके इन्हीं तीन अस्त्रों से शर्मा जी अभी तक इनके पति रह आये थे। ये तीन खड्ग थे, जिनसे ये शत्रुओं का वध करती रही थीं।

मैं अपने बॉस के बारे में बहुत कम जानती थी। मैं अनुमानों से भरी हुई थी। मैं अभी सोच ही रही थी कि बात भी की जाये, या सिर्फ चाय पी कर चल दूँ कि मिसेज शर्मा ने धीरे-धीरे कार्यवाही शुरू की।

'आजकल दफ्तरों में बड़ा करप्शन फैल गया है।'

मैं चुप।

'लड़कियों का चरित्र तो रह ही नहीं गया है।'

'लड़कों का कौन-सा रह गया है, मैंने मुँह खोला।

'लड़कों का क्या है, पीठ-पूँछ झाड़ कर वैसे-के-वैसे। पर लड़कियों को तो सोचना चाहिये। सामने वाले मकान में रहती है एक। दफ्तर से रोज रात ग्यारह बारह बजे लौटती है। बताओ आधी रात में कौन दफ्तर बंद होता है। ये कहते हैं, नाइट ड्यूटी करती है। लड़कियों से कौन कराता है नाइट ड्यूटी! जिसे देखो वही चालू हो गयी है।' उन्होंने कुछ ऐसा मुँह बनाया, जैसे उन्हें कोई गंदी चीज आँखों के आगे घटित होती दिख रही है।

मैं बहुत डर गयी। मुझे ऐसा लगा जैसे अब मुझ पर प्रहार होने वाला है। मुझे यह भी लगा जैसे मिसेज शर्मा के मन में यह खटका था कि शर्मा जी मुझ पर प्रेमदृष्टि रखते हैं। तभी तो वे यह बता नहीं रही थीं कि शर्मा जी लखनऊ से कब लौटेंगे ? मेरा अपराध सिर्फ इतना था कि मैं शर्मा जी की स्टेनो थी, मेरी उम्र पचीस थी, मेरा विवाह अभी नहीं हुआ था और उपनिदेशक ने मुझे कुछ कागजों पर हस्ताक्षर कराने के लिए यहाँ भेज दिया था।

पचीस साल की उम्र की पचीस परेशानियाँ थी, जिसमें से कुछ इस वक्त बुरी तरह से खटक रही थीं। इन दिनों लड़कियों के बीच मैं औरत और औरतों के बीच लड़की गिनी जाने लगी थी। सच्चरित्र स्त्रियों में मुझे दुश्चरित्र और दुश्चरित्र स्त्रियों में मुझे सच्चरित्र समझा जाने लगा था। किसी भी वर्ग से संवाद का सिलसिला बैठ नहीं पा रहा था। मुहल्ले की छोटी लड़कियाँ मुझे अब आंटी कहने लगी थीं, जबकि मैं स्वयं अभी बहुतों को आंटी कहने की मनःस्थिति में थी।

इन सब खतरों के बीच मैं इस वक्त भी बैठी थी। मिसेज शर्मा मुझे मर्मभेदी दृष्टि से देखती हुई तहकीकात कर रही थीं कि दफ्तर में कुल कितनी लड़कियाँ स्टाफ पर हैं - उनमें से कितनी विवाहित हैं, कितनी अविवाहित, कितनी परित्यक्त और कितनी विधवा ? विवाहिताओं में कौन कौन सुखी अथवा दुखी है ?

वे यह छीछालेदर क्यों कर रहीं थीं। क्या मैं ही मिली थी शिकार?

'यह क्या वजह है कि टाइपिस्ट-वाइपिस्ट जल्दी शादी नहीं करतीं?'

मैं बहुत डर गयी।

'पर तुम तो ऐसी नहीं लगती। जमाना बहुत खराब है। लड़की का पाँव जरा फिसला नहीं कि फिसलता चला जाता है। उम्र भर रोना पड़ेगा फिर।'

मैं और भयभीत हो उठी। वे अपने जप, तप, और व्रत से ही क्यों नहीं सीधे-सीधे मुझे भस्म कर देतीं? क्यों ऐसी-की-तैसी कर रही हैं। अगर मैं पापी हूँ, तो उनके ताप से निश्चित जल जाऊँगी।

मैंने भस्म हो जाने के लिए खुद को तैयार किया। ठीक है, लग जाने दो यहीं ड्राइंगरूम में, इस महँगे कालीन पर मेरी राख का ढेर। पड़ा रहने दो, मेरे वेतन का अगला पे-बिल। कल के सिनेमा के टिकट मेरे पर्स में पड़े फड़फड़ाने दो। आज एक सती अपने सतीत्व से मुझे नष्ट कर डालेगी। मुझे सिर्फ इतना अफसोस रहेगा कि कभी दिल खोल कर गुनाह भी न किया। मौके तो कई आये, पर हर मौके को शादी के लालच ने पीछे धकेल दिया। जैसे दफ्तर का ही वह नया पैक्स, जो

अकसर मुझे शाम को अपने स्कूटर पर लिफ्ट दिया करता था। अपने मोटे पेट और पके बालों के बावजूद वह अविवाहित था और रोमांस के हौसले उसने हारे नहीं थे। सिलसिला वहाँ जाकर एकदम टूट गया, जब वह मेरे एफ0डी0 की जानकारी चाहने लगा, जबकि मैं उसकी वी0डी0 की जानकारी चाहती थी। उसने तत्काल स्कूटर-सेवा 'सस्पेंड कर दी और मैं। बस के क्यू में शामिल होने लगी।

मैं अपने अफसर शर्मा जी को उनके जूतों की चमचमाहट से पहचानती थी, या उनकी पॉलिएस्टर कमीज के महँगेपन से। मुझे तो ठीक-ठीक यह भी ध्यान नहीं था उनके कितने प्रतिशत बाल पके हुए थे और कितने कच्चे। फिर शर्मा जी पेट के पुराने रोगी। मिसेज शर्मा को खुद सोचना चाहिए कि एक अफसर, जिसे दफ्तर में कम-से-कम चार बार पाखाने जाने की जरूरत पड़ती हो, कैसे रोमांस विकसित कर सकता है ! कम-से-कम दफ्तर में, जहाँ अक्सर यह मजाक चलता है कि बॉस का केबिन पाखाने में शिफ्ट कर दिया जाये, तो कैसा रहे !

निज़ी तौर पर शर्मा जी से किसी को कोई शिकायत नहीं थी। वे न बदमिज़ाज थे, न खुशमिजाज। न वे किसी से राग रखते थे, न द्वेष। देर से दफ्तर आते थे, जल्दी घर जाते थे। मातहतों को और क्या चाहिए! केबिन और पाखाने के बाहर के दफ्तर से उनका बहुत सीमित सरोकार था। उन्हें फाइलों पर हस्ताक्षर करना आता था और तारीख डालना। उन जैसे रोगी और जोगी के बारे में मिसेज शर्मा का इतना व्यग्र होना प्रेमातिरेक के सिवा कुछ भी नहीं था।

मिसेज शर्मा कान खुजाने लगीं। उनकी कमर में लटका चाबियों का गुच्छा झनझना उठा। दो लंबी चाभियाँ थीं, शायद आलमारी की। एक ठिगनी, शायद सेफ की। दो काली, शायद बाहरी तालों की और एक पीली, शायद रसोई की आलमारी की। मेरा मन हुआ, कहूँ, एक ताला शर्मा ज़ी की पैंट की पेटी में अटका कर उसकी भी चाबी अपने गुच्छे में लटका लीजिए और चैन की नींद सोया कीजिये मिसेज शर्मा ! व्रत के सहारे कब तक पति को साधे रहेंगी। पर मैं घुन्नी बनी बैठी रही।

बॉस की बीवी को नाराज करने लायक हिम्मत और हिमाकत मुझमें कहाँ!

मिसेज शर्मा टकटकी लगाए मेरे चेहरे की ओर देख रही थीं, मानों मेरा चेहरा एक किताब हो, जिसमें उन्हें अपने पति का हिसाब-किताब मिलने की आशंका हो। मेरी मुश्किल यह है कि कोई मेरे चेहरे को लगातार देखे, तो मेरे होंठ खुद-ब-खुद काँपने लगते हैं तबियत रोने-रोने की हो आती है और पैर उठने से इनकार कर देते हैं। घर पर बड़े भाई-बहनों ने अक्सर मुझे इसी पद्धति से रुलाया है।

शुक्र है मिसेज शर्मा बोलीं तो। अगर वे कुछ पल भी और मुझे घूरतीं, मैं कहीं की न रहती।

'तुम शादी कब कर रही हो ?' उन्होंने नरमी से कहा।

मुझे हँसी आने को हुई। एक समझदार हँसी, जो मुझे दुनियादारी में लौटा लायी। मूर्ख मिसेज शर्मा। क्या वे नहीं जानतीं कि हमारे यहाँ लड़कियाँ शादी करती नहीं हैं, उनकी शादी हो जाती है। बिल्कुल वैसे जैसे कोई अपने को खाँसी करता नहीं, खाँसी हो जाती है।

फिलहाल तो मेरी शादी के लिए दूर-दूर तक कोई सूरमा नजर नहीं आ रहा था। मेरे माँ-बाप बूढ़े हो चुके थे। उनका सम्पर्क सिर्फ बुढ़ों से मेरे भाई विवाहित थे, उनका संपर्क सिर्फ विवाहितों से था। मेरी बहनें बाल-बच्चेवाली थीं, उनका संपर्क सिर्फ बाल-बच्चेवालियों से था।

सब-के-सब व्यस्त थे।

मिसेज शर्मा त्रस्त थीं।

मिसेज शर्मा बड़ी आकुलता से मेरी तरफ देख रही थीं।

'कोई मिलता ही नहीं इस लायक।' मैंने संकोच से कहा।

'तुम्हें पसंद ही नहीं आता होगा। आजकल हर लड़की आला अफसर चाहती है। खुद कुछ हो, चाहे न हो, लड़का आईएएस चाहिए, पीसीएस चाहिए। ज्यादा मीन-मेख निकालना अच्छा नहीं होता। जो सामने आये, उसी से कर डालनी चाहिए। कुछ अपनी भी किस्मत होती है। क्या कहते हैं, शादी तो बस अंधेरे में छलाँग होती है।'

'छलाँग लगाने की भी एक उम्र होती है, नहीं तो सीधे हाड़-गोड़ टूट जाते हैं' मैं कहने वाली थी, पर रुक गई। शादी के खिलाफ बोलना नादानी हो न हो, बेईमानी जरूर मानी जायेगी। शादी मेरी होनी थी, तनाव मिसेज शर्मा झेल रही थीं।

मैंने बड़ी दिलेरी से कहा, 'आप बिलकुल ठीक कह रही हैं। माँ भी यही कहती हैं। उन्होनें एक लड़का देखा है, वहीं बिहार में। आजकल लेन-देन को लेकर बातचीत चल रही है। उम्मीद है इस बार मामला पट जायेगा। सर अगर छुट्टी दे दें तो मैं एक बार घर हो आऊँ।'

मिसेज शर्मा के चेहरे पर खुशी और हँसी एक साथ चमक गयी, 'यह तो बड़ी अच्छी बात है। तुम बिल्कुल फिक्र न करो। तुम्हें छुट्टी मैं दिला दूँगी। तुम तैयारी तो करो।'

◆◆◆

राजू

राजू का मन उमंग से थिरक रहा था, जितनी देर अम्मा ने टिकट कटाया, वह थैला और डलिया अपनी नन्हीं बाँहों से घेर कर यों खड़ा रहा मानों उनमें अमूल्य रत्न रखे हों, जबकि थैले और डलिया में था ही क्या!

थैले में अम्मा की एक रेशमी साड़ी, पेटीकोट और जम्पर था, साथ ही राजू की निकर और कमीज। एक अंगोछा भी था। इसी थैले में सबसे नीचे लाल रेशमी रूमाल में बाँध अम्मा ने नारियल, बताशा और चाँदी के दो रूपये भी सहेज कर रख लिए थे। अशोक मामा की आरती उतारनी होगी। डलिया में अमरूद थे। इलाहाबाद से गये और अमरूद भी न ले गये तो घरवाले क्या कहेंगे। यह तो यहाँ की सौगात है, इलाहाबाद के पेड़े हैं। अम्मा ने लाल सुर्ख अमरूद खरीदे हैं पूरे दो किलो। दूर से देखने पर सेब लगते हैं। नहीं, राजू एक भी नहीं खायेगा, कम हो जायेंगे। घर पहुँच कर नानी, बड़ी मामी और अशोक मामा को खिलाने के बाद ही माँगेगा।

अशोक मामा का आज ब्याह है, तभी न घर-द्वार बंद कर अम्मा आज चली हैं। जाना तो बहुत पहले चाहिए था। खास मामा हैं, एकदम सगे। राजू ने दस बार चलने की जिद की होगी, पर एक दिन अम्मा ने बैठा कर उसे अच्छी तरह समझा दिया। जहाँ अम्मा काम करती है, जैन नमकीन भण्डार के कारखाने में, वहाँ नागा का मतलब है नुकसान। साल भर से काम कर रही है अम्मा पर एक दिन भी न जाये तो उस दिन की मजदूरी गोल। तीन रूपये रोज पर अम्मा, लालाजी की दुकान

पर सुबह सात बजे से रात सात बजे तक काम करती है। तरह तरह के काम कभी समोसे की मैदा गूँथो, कभी बोरा भर मसूर धोओ, कभी दो बोरे बेसन छानों तो कभी तैयार नमकीन प्लास्टिक की थैलियों में भरो। कभी-कभी लाला जी की आँख बचाकर अम्मा, थोड़ा सा सेब का चूरा या दालमोठ घर लाती है, चखा है राजू ने। बहुत सुआद होता है, मुँह में कुर्र-कुर्र बोलता है, खाओ तो मन करता है खाते ही जाओ।

इतने दिन राजू मन मार कर बैठा रहा। अशोक मामा की शादी का कार्ड आया तभी से उसे बेकली छिड़ी है। न स्कूल में पढ़ाई अच्छी लग रही है न घर में निठल्लापन। पर क्या करे वह ? अम्मा का काम ज्यादा जरूरी है। मामा का ब्याह अपनी जगह है। अम्मा का कहना है समय से पहुँचो तो पूछ भी ज्यादा होती है। ब्याह के घर में जल्दी चले आने वाले रिश्तेदार बाद में भिनक जाते हैं।

राजू सब समझ गया। छोटा थोड़े ही है, छह साल का है। पिछले साल के सब कपड़े उसे छोटे पड़ते हैं। उसने अम्मा से कई बार पूछा है, 'अम्मा, मैं बड़ा हो रहा हूँ या कपड़े छोटे हो रहे हैं ? कपड़े मेरे साथ-साथ बड़े क्यों नहीं होते अम्मा !' अम्मा कुछ जवाब नहीं देती, बस हँस देती है। इस बार ब्याह पर जाने के लिए अम्मा ने उसका नया पाजामा सिलवाया तो चार अंगुल कपड़ा ज्यादा लगा। कमीज सिली सिलाई खरीद ली गयी, गुमटी से। अपने घर में चाहे जैसे घूमो, ब्याह वाले घर में तो नये कपड़े चाहिए।

अब राजू को अपने कपड़ों की इतनी फिक्र हो रही है कि पूछो मत! गुस्सा आ रहा है इस गठरी वाले पर। इसी बस में घुसना था इसे ! बार-बार गठरी पैर के पास सरकाये दे रहा है। पाजामे का कलफ इस्त्री बरबाद हो जायेंगे। कितना बचा बचा कर यहाँ तक आया है, दोनों हाथों से पाजामा उठा कर उड़स लिया था उसने। जो सवारी बगल से निकलती, वह हड़बड़ा जाता, कहीं कपड़े न खराब हो जायँ, इन्हीं कपड़ों से वह बारात में जाना चाहता हैं, शहर की शहर में बारात है। इतनी देर तो वह कपड़े सुथरेपन से संभाल लेगा। दरअसल जो निकर कमीज थैले

में रखा है उसे राजू पहनना नहीं चाहता। वह स्कूल की वर्दी का है। बहुत ढूँढा पर और कोई साबुत निकर मिला ही नही। हार कर अम्मा यही ले आयीं। बोली- यहाँ किसी को क्या पता चलेगा कि यह स्कूल की वर्दी है। पर राजू यह बात कैसे माने? उसे तो पता है, यह वर्दी वाले कपड़े हैं।

स्कूल की वर्दी क्या ब्याह में पहनने वाली होती है। हो सकता है वापसी में नानी राजू के लिए कोई कपड़ा सिला दे।

राजू ने अपनी आँख पर पूरा-पूरा जोर डाल कर देखा, कमीज कहीं मुचड़ तो नहीं गयी। अभी तो बगुले जैसी झक सफेद थी, फिर उसने खिड़की के बाहर देखा फरफर हवा के साथ किस्म-किस्म की सुगंध उस तक आ रही थी। मिट्टी की, खेत-खलिहानों की, चना, मटर की गंध तो वह कोसों दूर से चीन्ह लेता है। सरसों के पीले और मटर के धौले फूल के आगे चम्पा-चमेली सब फीके लगते हैं उसे। यह अभी आँख के आगे से जो पीली दरी-सा कुछ गुजरा सरसों का खेत ही तो था। अपनी एकमात्र आँख पर जोर डाल कर राजू सब देख लेता है और दिल में उतार लेता है जैसे फोटो खींच कर रख लिया हो।

अम्मा भी खुश नजर आ रही है। रोज तो वही मलगजी धोती पहने रहती है। चौथे-छठे कभी कंघी कर लेती है। काम पर जाने में सात की जगह साढ़े सात भी बज जाये तो लालाजी काम नहीं देते, दुतकार कर भगा देते हैं। उनकी दुकान के सामने पाँच बजे से मजदूरिनों की भीड़ जमा हो जाती है, काम पाने के लिए जो कचामरी होती है राजू की अम्मा ही जानती है। मजूरी के रेट बढ़े होंगे बड़े शहरों में। यहाँ तो तीन की जगह लालाजी ढाई रूपये रोज भी कर दें तो मजूर मिल जायेंगे।

कल लालाजी की दुकान से अम्मा बेसन की पुड़िया लायी थी, उसी से रगड़ रगड़ कर माँ बेटा नहाये। फिर बाल झाड़े गये, अम्मा ने चुटीला बाँधा नयानकोर। बहुत दिनों से अम्मा टीका नहीं लगाती, आज लगा लिया। धोती पहनी, दुशाला किसी साथिन से मँगनी लायी थी, ओढ़ लिया। कितनी सुन्दर लगने लगी अम्मा। राजू के पास हरे रंग का स्वेटर

है। बाँह पर से थोड़ा उधड़ गया है पर राजू को इसकी फिक्र नहीं। है तो। कई बच्चों के पास तो इतना भी नहीं है। राजू ने नहा कर स्वेटर, बनियान की तरह अन्दर पहन लिया, ऊपर से कमीज।

कुल डेढ़ घंटे में प्रतापगढ़ पहुँच गये वे लोग। बस अड्डे से घर का रास्ता जाना पहचाना है। सैकड़ों बार राजू इस रास्ते से गुजरा है। पहले जब बाबू थे, अम्मा हर त्योहार पर प्रतापगढ़ आती थीं। नानी भी बस आस लगाये बैठी रहतीं। अशोक मामा उसे कंधे पर बैठाकर दशहरे का मेला दिखा लाते। सरकस का खेल भी उसने प्रतापगढ़ में ही पहली बार देखा। बाबू के जाते ही बहुत कुछ बदल गया। न अब जल्दी-जल्दी अम्मा आती न नानी के बुलौवे। जब से अम्मा ने काम शुरू किया तब से तो आना-जाना और भी छूट गया।

वह सामने घर दिखाई दे रहा है। देखा न, पूरे डेढ़ साल बाद आया है राजू, पर एकदम पहचान लिया।

'वह देखो अम्मा, अपना घर है।'

अम्मा के कदम तेज हो गये। एक हाथ से बदलकर झोला दूसरे हाथ में पकड़ लिया, दुशाला ठीक से लपेट लिया। राजू ने अपनी कमीज एक बार फिर सामने से झाड़ ली।

घर के द्वार पर आम के पत्तों की बन्दनवार सजी थी। हाथ के छापे हर दीवार पर बने थे। अंदर अँगनाई से बन्ने के बोल सुनाई आ रहे थे।

'कैसा सुन्दर सजा है
हरियाला बन्ना,
बन्ने की भाभी नजर उतारे
खड़ा-खड़ा मुस्कावे
हरियाला बन्ना....'

लो, ऐन वक्त पर पहुँच गये। राई नोन की रस्म तो बहन ही करती है। बहन भी आ गयी, राजू की अम्मा ने बन्ने के बोल सुनते हुए मन ही मन कहा। ड्योढ़ी के बाहर बच्चे खेल रहे थे, वे खड़े होकर कौतुक

से राजू और उसकी अम्मा को देखने लगे। राजू और अम्मा सीधे आँगन में दाखिल हो गये।

'ये लो भग्गो आ गयी, भग्गो आ गयी' कुछ आवाजें उठीं और रामो नाइन ने आगे आकर झोला और डलिया उनके हाथों से थाम लिया। नानी ने आगे बढ़कर राजू के सिर पर हाथ फेरा। मुँह उठा कर प्यार करने ही लगी थी कि चिहुँक उठी नानी, 'अरी भग्गो छोरे की आँख को क्या कर लायी!'

'पिछले साल आँख आ गयी थी, गलत दवाई पड़ गयी आँख में, उसी से...।' राजू की अम्मा ने दर्द भरी आवाज में कहा।

नानी सन्न रह गयी। सच इतने दिन में लड़की की कोई खोज खबर भी तो नहीं ली उन्होंने। लड़के बच्चों में ऐसी फँसी कि इस बेबस बिटिया को भुला ही दिया एक तरह से। जमाई की तेरही के बाद न यहाँ से कोई गया न वहाँ से कोई आया।

तभी मक्खी की भिन्-भिन् जैसी भिनभिनाहट औरतों के जमघटे में से उठी।

ताई ने तिनतिना कर तीर छोड़ा 'इत्ते दिन से न चिट्ठी न पत्री, अब आय के खड़ी हो गई शुभघड़ी।'

नानी की उम्र की एक जर्जर बूढ़ी औरत जो अठन्नी बराबर टीका माथे पर लगाये थी, बोलीं, 'भग्गो, ये कजहा कपूत तू घर में छोड़ आती तो एक दिन में तेरा दूध न सूख जाता, बियाह के घर लाकर खड़ा कर दिया सामने।'

नानी का चेहरा उतर गया। अम्मा का, और भी ज्यादा। मौसी ने भी ठसका दिखाया, 'ब्याह-शादी के मेले-ठेले सुहागिनों के होते हैं, कोई दूध पीती बच्ची तो हो नहीं जो कायदा समझाया जाये।' मौसी के हाथ और पैरों में गहने झाँझ की तरह झमक रहे थे, माँग में पाव भर सिन्दूर था। साड़ी ऐसी चमचमा रही थी कि आँख न ठहरे।

राजू का ध्यान औरतों की बातों पर नहीं था। वह तो टकटकी लगा कर अशोक मामा की सुनहरी अचकन, साफा और कलगी देखने की

कोशिश कर रहा था। हवा में उठती इमरती, बालू शाही की खुशबू सूँघ रहा था। वह चारों तरफ देख रहा था, अपनी एक आँख से बिटर-बिटर, औरतों के चबैये से बेखब्र, बेफिक्र।

नानी भग्गो का हाथ पकड़ कर उसे एक तरह से खींचती हुई ले चलीं आँगन पार की कोठरी की ओर। कोठरी के बीच में दरी बिछी थी। एक तरफ मेहमानों के बक्से, बिस्तर अटे थे, दूसरी तरफ पत्तल दोनें और सकोरों का अम्बार। दरी पर दो-चार नन्हें बच्चे सोये हुए थे।

नानी ने उन दोनों को वहाँ बैठा दिया, ' मैं यहीं मिठाई भेज रही हूँ भग्गो, तू आराम कर ले दो घड़ी।'

अम्मा का चेहरा भक्क से बुझ गया। इतनी दूर से, चाव से भरी आराम करने थोड़े ही आयी हैं वह। उसके छोटे भैया का ब्याह है। खास सगी बहन है वह, सबसे बड़ी। माँ ने उसे कोठरी में नहीं, काल कोठरी में बिठा दिया है।

भग्गो को याद आया वह वक्त जब पिछले साल पूरे शहर में आँख की बीमारी फैली थी। घर-घर में प्राणी बीमार पड़े थे। अचानक आँख से पानी झरने लगता था, और देखते-देखते आँख लाल हो जाती। लाख ठंडे पानी के छींटे मारो चैन नहीं पड़ता था। राजू भी रोग की चपेट में आ गया। जिसने जो बताया, उपचार किया गया पर जलन चौबीस घंटों में बढ़ती गई। जब पीड़ा से छटपटाने लगा, तब अम्मा उसे डाक्टर के पास ले गयी। डाक्टर ने दवा दी जिससे काफी आराम पड़ा। रात में अम्मा ने सोचा सोने से पहले एक बार दवा और डाल दूँ तो सुबह तक आँख ठीक हो जायेगी। आले से दवा की शीशी उठा कर एक बूँद दवा राजू की आँख में टपका दी। सिर्फ एक आँख में ही डाली थी कि राजू दर्द से छटपटा कर बिस्तर से उठ भागा, 'हाय अम्मा मेरी आँख में आग लग गयी।'

गलती से आले में रखी टिंक्चर आयोडीन टपका दी थी अम्मा ने। उन्होंने आँख को ठंडे पानी से बहुत धोया, बहुत फूँका पर राजू की यन्त्रणा कम न हुई। डाक्टर की सारी कोशिश के बावजूद राजू की बायीं आँख की रोशनी गुल होती गयी, पुतली भी अपनी जगह से सरक गयी।

एक दुःस्वप्न की तरह पूरी की पूरी घटना उसकी आँखों के सामने घूम गयी।

हड़बड़ी में एक-एक कर कई औरतें कोठरी में आयीं और अपने अपने सोते हुए बच्चे दरी पर से उठाकर ले गयीं। बैंड बाजे वाले भी आ गए थे। गैस-बत्तियाँ पहले ही पहुँच गई थीं। बारात चलने की तैयारी में थी। अभी तक राजू उन बच्चों को देख कर ही मन बहला रहा था। अब अकेला पड़ते ही बोला, 'अम्मा हम बाहर जायें, हमें तो मामा की बारात में जाना है।

'नहीं,'

'नहीं क्या ! हम तो जायेंगे। इतनी दूर से बारात में जाने को तो ही आये हैं, वहाँ अनार छूटेगा, आतिशबाजी चलेगी, देखो अम्मा मैंने अपने कपड़े तक गंदे नहीं किये, फिर तुम क्यों रोक रही हो ?'

अम्मा ने अपने हाथ की पकड़ से छूटते राजू को घसीट कर रोका।

'मैने कहा न, नहीं जाना।'

जोर-जोर से बाजे बजने लगे।

बारात का आकर्षण तगड़ा था। राजू फिर हाथ छुड़ाता हुआ बोला, 'अम्मा हम जा रहे हैं।'

अम्मा का धीरज टूट गया।

तड़ाक, तड़ाक उसके गालों पर तमाचे पड़े, अम्मा बिफर कर बोली; निकल कर देख तू कोठरी से बाहर, तेरी हड्डी-पसली न तोड़ दूँ। मरता भी नहीं, अपशकुनिया कहीं का!'

मुँह तमतमा आया राजू का।

यह शब्द उसके लिए नया नहीं। स्कूल में बच्चों ने, मास्टरों ने, गली-मुहल्ले में पड़ोसियों ने इस शब्द से उसका खूब परिचय कराया है। पर हर बार जब अम्मा से उसने शिकायत की है, अम्मा ने सबसे खूब लड़ाई मोल ली है। आज अम्मा खुद उसे अपशकुनिया कह रही हैं। सभी गालियों में सबसे बुरी गाली राजू को यही लगती है। उसे

अपशकुनिया का मतलब नहीं मालूम, पर लगता है जैसे यह कोई बहुत बुरी बात है। सन्न रह गया वह। मारने के बाद अम्मा खुद बुरी तरह रो पड़ी; बाँहों में सिर डाल कर, बिलख-बिलख कर। उनकी हिचकी बँध गयी।

अम्मा की आँखों में आँसू राजू को जरा बर्दाश्त नहीं। वह हिल गया।

अब कोठरी का आलम बिल्कुल अलग था।

राजू अपनी कोरी कमीज की बाँह से आँसू पोंछता जा रहा था। अपने भी और अम्मा के भी। 'अम्मा रोओ मत मैं बारात में नहीं जाऊँगा। मुझे बारात बिल्कुल अच्छी नहीं लगती अम्मा। चलो हम वापस चलें।'

अम्मा ने उसे पास खींच कर अपने आँचल से ढाँप लिया, हृदय से लगा कर लगातार उसके गाल चूमती गयीं, चूमती गयीं, 'मेरा सवा लाख का बेटा, मेरा नौनिहाल। मेरी जीभ जल जाये। तुझसे प्यारा मुझे कोई नहीं। मेरा कुँवर-कन्हैया, तू तो मेरी आँखों की रोशनी है। तुझे देख कर तो मैं दिया जलाती हूँ। मेरा राजू जुग जुग जिये!'

◆◆◆

मनहूसाबी

"मुँह क्यों फुला रखा है ?"

"कहाँ फुला रखा है ?" मनहूसाबी ने मुँह फुलाकर जबाब दिया।

"यह गुस्सा नहीं तो क्या है ?"

"चेहरे की बनावट है।"

पति मुस्कुराया, एक पैनी, चुभती मुस्कान जिसमें कोरे ब्लेड का असर था।

मनहूसाबी का तन-बदन जल गया। उसके हाथ में दूध से लबालब भरा, भारी पतीला था। घर में रसोई बहुत दूर थी। वहाँ से उठाकर पतीला लाना और फ्रिज में रखना दिन का आखिरी काम था। तब तक मनहूसाबी लस्त हो चुकती थी। क्या उसका पति उम्मीद करता है कि घर के भारी, बेढंगे कामों में भी मनहूसाबी की चाल जीनत अमान जैसी हो, मनहूसाबी ने आवेश में सोचा। उसने पति की ओर आँखों से नहीं, अँगारों से देखा।

पति विरक्ति और वितृष्णा से बुझी नजरों से उसकी ओर देख रहा था जैसे आप सुबह उठकर घर में पड़े मैले कपड़ों का अम्बार या जूठे बर्तनों का ढेर देखते हैं। पति की मुद्रा अवाक् होकर भी सवाक् थी। उसके रोम-रोम से मानों इस वक्त एक ही शब्द निकल रहा था लानत है।

मनहूसाबी को लगा जैसे किसी ने उसे मिर्चों का इन्जेक्शन लगा दिया, मिर्च कॉम्पलेक्स। उसे दिन भर की अपनी मारामारी याद आई।

इसी इन्सान के परिवार के लिए वह सारा दिन बाजार में धक्के खाती है, कभी राशन की दुकान पर, कभी सब्जी की दुकान पर। अपनी शक्ति और सहनशक्ति की आखिरी बूँद तक वह दाँव पर लगा डालती है और यह इन्सान सावन के महीने में उसे वैशाख की आँखों से घूर रहा है।

मनहूसाबी को लगा कि वह तेवर, ताने और तोहमत के तिराहे पर भयंकर असुरक्षित खड़ी है। यह उसकी रोज की खुराक है। जब उसकी शादी हुई तभी शायद यह नुस्खा लिखकर किसी ने उसके हाथ में थमा दिया, 'यह लो, यह है शादी मिक्सचर-एक डोज ताना, एक डोज तेवर, आखिरी डोज तोहमत। सुबह-शाम इसे पियो और सुखी सुहागिन बनी रहो।

बच्चे पहले ही सो चुके थे। पति मुँह फेर कर सो गया। फर्श पर से एक कॉक्रोच बड़ी फुरती से दीवार पर चढ़ने की कोशिश कर रहा था। मनहूसाबी को बदन में झुरझुरी महसूस हुई। उसने हाथ में स्लीपर ले कर इंतजार करना मुनासिब समझा। आखिर कॉक्रोच दीवार पर चढ़ने में नाकामयाब हो फर्श पर स्थिर हो गया। मनहूसाबी ने चुपके से उसके ऊपर स्लीपर रख दी। चटाक् से मारने से उसका दिल दहलता है। चाभियाँ संभालने, पानी पीने और मुँह पर क्रीम लगाने जैसे कामों से निपट कर उसने स्लीपर हटाई, यह सोचकर कि कॉक्रोच अब तक मर चुका होगा। मगर वह जिन्दा था, साबुत, स्वस्थ और शान्त। कुछ देर गुमसुम पड़ा रह कर न ज़ाने वह कहाँ छुप गया। मनहूसाबी को लगा वह खुद भी कॉक्रोच है, हर हालत में जीवित और गतिशील। दबाने, डराने और भगाने से कॉक्रोच की जिजीविषा में कोई कमी नहीं आती बल्कि वह और प्रखर हो जाती है। एक बार किसी लेख में मनहूसाबी ने पढ़ा था कि अगर तिलचट्टों से निजात पानी है तो उन्हें भूखा मार दो। मनहूसाबी ने रात में रसोई से सब सामान उठा दिया। उसने कुछ भी रसोई में न छोड़ा, आटे की भूसी और आलू के छिलके तक नहीं। लेकिन तिलचट्टे कहीं नहीं गए, वे वहीं डटे रहे, नल के पास चिकनाई

चाटते और साबुन खाते। मनहूसाबी ने चिकनाई छुड़ा दी और साबुन उठा दिया। तिलचट्टे दरवाजे की लकड़ी चाट चाट कर जीवित रह आये। चमत्कृत है मनहूसाबी। कीड़े-मकोड़ों का संसार भी कितना विलक्षण है। कितनी गजब की समान धर्मिता है उनमें । सारा दिन इनसे साबका पड़ता है मनहूसाबी का। हरी मूँग में हरा घुन, काली उड़द में काला घुन, चावल में में बिल्कुल चावल के रंगरूप का कीड़ा, पालक में हरा कीड़ा, और तो और सेब में बिल्कुल सेब के बीज के आकार का कीड़ा। इन कीड़ों में, कड़े से कड़े दानों को फोड़ कर उनमें घुसने की क्षमता बेजोड़ है। भयंकर असुरक्षा के बीच सुरक्षा ढूँढते यह कीड़े मनहूसाबी को अपने सगे भाई लगने लगे हैं।

मनहूसाबी का नाम ऊषा है। बड़ी बहन का नाम आशा था, शायद इसलिए, उसका ऊषा रखा गया। दरअसल नाम रखने में किसी ने माथा-पच्ची करने की जरूरत नहीं समझी। अपनी बहन से वह सिर्फ ग्यारह महीने छोटी है। उसने माँ से सुना है जब वह पेट में आई, माँ को बहुत गुस्सा आया था, एक बच्ची गोद में, ऊपर से फिर बच्चा। माँ ने उसे मिटाने के लिए सब कुछ किया, अपने पेट पर जोर जोर से मुक्के मारे; मेथी उबाल कर पी, कुनैन खाई पर उसे कुछ न हुआ। आखिर हथियार डालकर दादी ने कहा, "चल हो जाने दे, जो बेटा हो गया तो क्या कहने। अगर बेटी हुई तो घूरे पे डाल देंगे या अस्पताल में ही छोड़ आयेंगे।"

माँ ने भी धीरे से कहा, "मुझे तो लगता है इस बार भक्त प्रह्लाद ही आयेंगे।"

जिस दिन वह पैदा हुई घर में चूल्हा तक नहीं जला। फिर भी घर के लोग अहिंसावादी थे। इसलिए उसे कृपापूर्वक जिन्दा रहने दिया गया। मुहल्ले की लड़कियों ने ही उसका नामकरण कर लिया और दादी ने दोनों को बुलाना शुरू कर दिया आशा, ऊषा। स्कूल में लड़कियाँ उसे चिढ़ाया करतीं, ऊषा मनहूसा। भाइयों ने उसका नाम रख दिया भी मनहूसा, मनहूसाबी। जब मनहूसाबी ने बी0ए0 पास किया, तभी घर में

उसकी शादी के प्रयत्न चलने लगे। किन्तु उसका रंग-रूप और स्वास्थ्य तीनों गड़बड़ होने के साथ साथ घर की आर्थिक स्थिति भी गड़बड़ थी, अतः मनहूसाबी बी0ए0 छोड़ एम0ए0 हो गई, फिर भी दूल्हा न मिला। दादी दिन रात कलपतीं, "गोबर की कंडी में कौड़ियाँ जड़ कर लड़की बना दो, वह भी इससे ज्यादा सरूप हो, उसका भी ब्याह फटाफट हो जाये पर यह, इसका तो भगवान ही मालिक है। इस मनहूस का बियाह हो जाता तो मैं चैन से आँख मूँद लेती। आधा जीवन दादी कभी किसी के ब्याह, कभी किसी के मुंडन का हवाला देकर अपनी मौत की तारीख टालती रहीं और इसी तरह उन्होंने उम्र के अस्सी बरस कमा डाले। जब सब उम्मीद छोड़ बैठे, खुद ऊषा भी, तो एकाएक एक दिन उसकी शादी तय हो गई। इससे पहले कि वह अपने भाग्य पर आश्चर्य करे, वह विवाहित थी। ऊषा का पति आर्यसमाजी विचारों वाला कालेज लेक्चरर था। शादी के तत्काल बाद उसने पत्नी को एक संक्षिप्त सारगर्भित भाषण दिया जिसमें उसने बताया कि ऊषा बेहद भाग्यशाली है कि उसका विवाह एक उज्ज्वल चरित्रवान और आदर्शवादी सज्जन से हुआ है जिसका हमेशा से एक ही सपना रहा है- समाज सुधार। यहाँ तक कि शादी को लेकर भी उसका संकल्प था कि वह किसी लड़की का उद्धार करने के लिए अपना ब्रह्मचर्य तोड़ेगा। चरित्रवान, सज्जन और आदर्शवादी तो ऊषा भी थी पर वह वक्त अपने गुण गान का नहीं था। उसने अपने साधारण व्यक्तित्व में से एक असाधारण अस्त्र निकाला- सेवा और प्राणपण से पति के लायक बनने की कोशिश में लग गई।

यह सस्ता, सरल और टिकाऊ अस्त्र तब तक बखूबी काम करता रहा जब तक ऊषा के हाड़ मजबूत थे और टाँगों में चुस्ती थी। लेकिन कुछ सालों में बच्चों के जोश और बुजुर्गों के जुल्म की चोट सह-सहकर पिंजर का पुख्तापन पीला पड़ने लगा, और ऊषा थकने लगी। एक बार उसके घुटने में जोरों का दर्द हुआ। कहाँ वह पहले सारे घर बाजार का चक्कर लगाती थी, कहाँ उसके लिए छत का जीना चढ़ना दूभर हो गया। वह किसी तरह अपनी अकड़ी टाँग और सूजे हुए घुटने से सारा दिन घिसट-घिसट कर काम निपटाती और शाम को हाय-हाय करती

बिस्तर पर पड़ जाती। पति ने उसकी ओर गहरी चिढ़ से देखा और मिर्च कॉम्पलेक्स का इंजेक्शन निकाला "अब तुम गई काम से, यह बुढ़ापे की शुरूआत है।"

आठ दस दिन दर्दनाशक गोलियाँ खाने के बाद ऊषा ठीक हो गई लेकिन उसे घर में अपनी हैसियत का बखूबी पता चल गया। इस घर में उसकी जगह वह थी जो ताँगेवाले के घर में घोड़ी की। सवाल उपयोगिता का था। ऊषा को लगा वह औरत नहीं खच्चर है।

पिछले साल से मनहूसाबी एक स्कूल में पढ़ाने भी लगी है। उसे औरों से ड्योढ़ा काम मिलता है और वेतन आधा। वह प्रशिक्षित नहीं है। दरअसल घर की चखचख से निजात पाने को उसने यह नौकरी ढूँढ़ी थी लेकिन अब वह एक नई किस्म की चखचख में फँस गई है। उसके सिर के ऊपर सदा काँव-काँव करने वाली एक प्राचार्या है और एक विभागाध्यक्ष। वह एक को सिर पर से हटाती है तो दूसरी आकर काँव-काँव शुरू कर देती है। इन दोनों से निपटने में कई बार मनहूसाबी को लगने लगता है कि वह एक अधजला मुर्दा है।

मनहूसाबी के तीन बच्चे है, एक लड़की, दो लड़के। लड़की क्योंकि इकलौती है इसलिए बिगड़ गई है। लड़के क्योंकि लड़के हैं, इसलिए बिगाड़े गए हैं। उनके लिए पूरा दिन एक तमाशा है और घर हुड़दंग का मैदान। सुबह जब मनहूसाबी को स्वयं स्कूल के लिए देर हो रही होती है, वह तीनों बच्चों को स्कूल के लिए तैयार करती है। बच्चों की कोशिश रहती है कि देर से देर में तैयार हों, मनहूसाबी की कोशिश रहती है कि जल्द से जल्द तैयार हों। दोनों मोर्चे अपनी-अपनी जगह पक्के हैं। मनहूसाबी जितनी बार गुड़िया के बालों में रिबन बाँधती है, गुड़िया हाथ से खींच उसे खोल डालती है, ठीक नहीं बँधा, फिर से बाँधो।" गुड़िया शीशा हाथ में ले रिबन का मुआइना करती है और मुँह बनाती है। बाबा अपने आप तैयार होता है लेकिन मनहूसाबी जानती है कि उसे साबुन-पानी-मंजन से कितनी चिढ़ है। इन तीनों चीजों के बिना वह जितना तैयार हो सकता है, हो लेता है। गुड्डू को नींद प्यारी है।

रात वह देर तक हुड़दंग मचाता है। सुबह जब उसका रिक्शेवाला आकर दरवाजे पर टनटन करता है तब वह नींद में डूबे-डूबे, आँखें बंद किए आवाज लगा देता है, "आ तो रहे हैं।" मनहूसाबी किसी तरह गीले तौलिए से उसका मुँह रगड़ उसके लेटे-लेटे ही उसे तैयार करती है। गुड्डू को नींद में ऐसे विघ्न पसंद नहीं है। जितनी देर में मनहूसाबी पैंट का एक पांयचा पहनाती है वह पैर झटक कर दूसरा उतार फेंकता है। यह क्रम तब तक चलता है जब तक रिक्शे के सभी बच्चे मिलकर साँकल पीटने नहीं लगते 'गुड्डू जल्दी बाहर निकलो, तुम्हारी वजह से हमें भी देर हो रही है।' जैसे-तैसे एक कंधे पर गुड्डू को और दूसरे पर उसके बस्ते को लाद मनहूसाबी जाकर बच्चे को रिक्शे में बैठाती है। फिर जब वह घड़ी देखती है तो न नहाने का वक्त बचा होता है न ठीक से तैयार होने का। किसी तरह अपनी लीचड़ चप्पलों में अपने पस्त पैर डाल वह घर से भागमभाग निकलती है। रास्ते भर एक इश्तेहार अपने शब्द बदल लगातार उसके साथ-साथ चलता है; "पाउडर मलिए, काम पर चलिए। नाश्ता निगलिए, काम पर चलिए।" रास्ते में उसे कई बार लगता है, शायद बिंदी टेढ़ी लगी है लेकिन उसके पर्स में छोटा शीशा नहीं रहता। गुड़िया पर्स में शीशा रहने ही नहीं देती, चुपके से अपनी गुड़िया के लिए निकाल लेती है। रास्ते में पड़ते पानवालों के शीशों में चेहरा देखने का यत्न करती मनहूसाबी अन्ततः नाकामयाब होकर यह फिक्र और कोशिश दोनों छोड़ देती है। ऐसे में मनहूसाबी को लगता है वह इन्सान नहीं एक धक्का गाड़ी है, सुबह से ही ठेलमठेल शुरू हो जाती है।

आजकल मनहूसाबी की आवाज काफी भर्रा गई है। आठ में से सात घंटे स्कूल में और दस घंटे घर में बोलते-बोलते गले की नसों में सूजन बैठ गई है। धीमे सुर में तो बिल्कुल नहीं बोल पाती। "लड़कियो, चुप रहो" जैसे पंचम सुर पर ही गले से आवाज निकलती है। यों तो वह जब भी घर में बोलती है कोई उसकी सुनता नहीं है। अगर कभी पति उसकी ओर ध्यान देता है तो अचरज से कहता है, "मै इतनी पास बैठा हूँ, तुम इतना चिल्ला क्यों रही हो।" वह लज्जित हो जाती है। उसे

लगता है उसकी समस्त इन्द्रियाँ अपनी संवेदनशीलता खोती जा रही हैं। न उसे स्पष्ट सुनाई देता है न दिखाई। कोई गर्म चीज हाथ को छू जाय तो फफोला नहीं पड़ता, बस वह पोर पथरा जाता है। कोई ठंडी चीज छू ले तो ठंडी नहीं लगती है। और तो और जुबान भी मृत हो रही है, तीखी से तीखी सब्जी भी उसे फीकी और बेजान लगती है। जीभ को न मीठा पसंद रह गया है न खट्टा, हर चीज कड़वी या फीकी हो चली है।

ऐसा नहीं कि मनहूसाबी खाना नहीं खाती। घर के लोगों का तो खयाल है कि वह दिन भर खाती है, ठूँस-ठूँस कर। असलियत शायद यह है कि बैठकर तसल्ली से एक बार वह नहीं खाती। पकाते समय मसाला चखने के खयाल से वह मुँह में कुछ डाल लेती है। बच्चों को खाना देते समय चखना पड़ता है कि किसी चीज में मिर्च तो नहीं। कभी-कभी बच्चे पहले खा लेते हैं और पति बाद में। कभी-कभी वे सब इकट्ठे खाते हैं। लेकिन यह इकट्ठापन नाम भर को है। सबको खाना परोसकर देने, पानी के ग्लास भरने वगैरह में उसे साथ देने में देर हो जाती है। बच्चे महज आलू खुशी से खाते हैं। बाकी सब्जियों से उन्हें चिढ़ है। पति को आलू से चिढ़ है। मनपसंद सब्जी न होने पर बच्चे आधा-पौना खाकर उठ जाते हैं और बिस्कुटों से पेट भर लेते हैं। पति भी बेखटके जूठा छोड़ते हैं बिना यह देखे कि उनकी दाल में दुर्लभ तड़का खास तौर पर डाला गया है। खराब न जाय, इसलिए मनहूसाबी उन सबकी प्लेटों का बचा हुआ खाना अपनी प्लेट में डाल लेती है। सबकी प्लेटें खाली करते-करते मनहूसाबी को लगता वह प्रेमचन्द की कहानी की बूढ़ी काकी है। यह कहानी आज ही उसने कक्षा में पढ़ाई है।

कई बार मनहूसाबी को लगता है चीजों के बारे में उसकी पहचान धूमिल पड़ती जा रही है। परिचित चेहरों वाले लोग अपरिचित होते जा रहे हैं, अपरिचित चेहरों वाले परिचित। मस्जिद के बारह बैठे कई फकीर उसे न जाने क्यों बड़े अजीज लगने लगे हैं। वर्षों से वह उन्हें देख रही है, वे सारा दिन खुदा को याद करते हैं, उनकी जिन्दगी किंर्च भर भी नहीं बदली है, यहाँ तक कि उनका कटोरा भी वही है, बस इस बीच थोड़ा और पिचक गया है। रास्ते में एक दुकान पर लटका साइनबोर्ड

रोज मनहूसाबी की नजर में आ जाता है।, ''यहाँ हाथ से रूई धुनी जाती है।' अक्सर उस दुकान पर सुबह-सुबह एक आदमी अपनी बीवी की बेतरह धुनाई करता दिखता है। उसके पास एक खटिया, कथरी और दो-चार बर्तन दिखते हैं। दुकान में धुनकी दीवार के सहारे निष्क्रिय खड़ी रहती है। जब बीवी की पिटाई नहीं भी हो रही होती, मनहूसाबी उस साइनबोर्ड को कुछ यों पढ़ जाती है यहाँ हाथ से बीवी धुनी जाती है।' स्कूल में पास बैठने वाला बूढ़ामोची भी उसे बेहद परिचित लगता है। चप्पल हर चौथे रोज कहीं न कहीं से टूट जाती है। बूढ़ा बड़े जतन से चप्पल की मरम्मत कर देता है। अब तो पूरी चप्पल पर उसकी कारीगरी साफ दिखाई देती है। कभी कील ठोकते-ठोकते उसकी उँगली चोट खा जाती है तो वह उस पर चमड़े की ही पट्टी बाँध लेता है, पतला प्लास्टिक चमड़ा। ये सब लोग व दृश्य मनहूसाबी को बेहद परिचित और आत्मीय लगते हैं।

लेकिन शाम को जब मनहूसाबी बच्चों का इंतजार कर रही होती है, तब यह पहचान गड़बड़ा जाती है। चौराहे पर झुण्ड के झुण्ड बच्चे रिक्शों से उतरते हैं। सब के सब एक से यूनिफार्म में होते है। सब के कंधों पर एक समान बस्ते होते हैं। जिन्हें वह सोचती है अपने बच्चे हैं वे आगे बढ़ जाते अतरसुइया की तरफ। जिन्हें वह पीली कोठी के बच्चे समझती है, वे उसके अपने निकलते हैं। मनहूसाबी के तीनों बच्चे सुन्दर है, कुछ इस कदर कि नए लोग अक्सर मनहूसाबी से पूछ बैठते हैं, 'आप इनकी कौन लगती हैं ?'

मनहूसाबी का पति बेहद सुन्दर और सुरुचि सम्पन्न है। उसके हर काम में एक धैर्य और लय है। वह अपने को काँच के गुड्डे की तरह सँभाल कर रखता है। न सिर्फ उसके कपड़े, उसका चरित्र भी बेदाग है। जैसा स्वच्छ वह दफ्तर जाता है, वैसा ही स्वच्छ लौटता है। जबकि मनहूसाबी स्कूल से लौटने के समय तक एकदम घामड़ हो जाती है, पसीने से उसकी नाक चमकने लगती है, बिंदी बह जाती है, धोती मुचड़ जाती है और ब्लाउज पर पसीने के छापे बन जाते हैं। हर मौसम में गर्मी जाड़ा, चौमासा- वह घर के सामान से लदी-फँदी, बैल की तरह हाँफती

वापस लौटती है और कुछ देर को बिल्कुल लद्‌द से बिस्तर पर पड़ जाती है। कभी उसके मुँह से हाय निकल जाती है तब पति अपनी अध्ययनशीलता में से आधा सिर उठाकर आश्चर्य से पूछता है, 'क्या हुआ किस बात से थक गईं ?' उसकी मासूमियत, मौलिकता और मृदुता पर मरते हुए मनहूसाबी अपने आपको और कड़ी मेहनत के लिए कटिबद्ध कर लेती है।

इधर मनहूसाबी कुछ बेचैन रहने लगी है। वह खुद नहीं जानती कि क्यों उसका अन्तर हजार सवालों से भरा रहता है। इसके जबाब वह किसी से नहीं माँग सकती और उसे अपना पूरा वजूद एक चलता फिरता प्रश्न पत्र लगने लगा है। मोटर के हार्न, चक्की की पुकपुक, फेरी वालों की हाँक और लता मंगेशकर के गानों में उसे क्यों क्यों क्यों की कानकाटू ध्वनि सुनाई देती रहती है।

एक दिन चौक में सब्जी खरीदते समय यकायक उसकी नजर एक छोटे से लड़के पर पड़ी जो जोर-जोर से चिल्ला रहा था, चाकू छुरी ले लो , रूपये में दो, रूपये में दो।' लड़का मुश्किल से बारह साल का रहा होगा। सुबह के समय उसकी शक्ल पर उनींदापन और मासूमियत दोनों थी। उसने चार चमचमाती छुरियाँ हाथ में पकड़ी हुई थी। मनहूसाबी ने उस पर ध्यान दिया तो पाया एक लोहे के तार से लटकती बीसियों छुरियाँ और छोटे चाकू उस बच्चे ने गले में पहन रखे थे। चाकुओं के धर्म से बिल्कुल निसंग वह सब्जी मार्केट में एक जगह खड़ा लगातार चिल्ला रहा था, 'गोभी काटने के लिए, गाजर काटने के लिए, बढ़िया छुरी ले लो, रूपये में दो।' एक दिन, दो दिन, दसियों दिन मनहूसाबी उस लड़के को देखती रही आखिर एक दिन उसने उससे सौदा खरीदा।

बच्चा छुरियाँ देने लगा।

'नहीं एक ही चाहिए।'

'दो ले लीजिए बहन जी, सुबह से खड़े-खड़े पैर पिरा रहे हैं।' उसकी आवाज में थकान थी और हताशा।

'कितनी बेच लेते हो दिन भर में ?'

'कोई ज्यादा नहीं जी, बस दो किलो आटा आ जाता है।'

उसके गले में लटकती छुरियों की ओर इशारा कर मनहूसाबी ने बच्चे से पूछा, इस तरह गले में छुरियाँ लटका कर घूमने से डर नहीं लगता ?'

'नहीं जी, धंधे से क्या डर ? पर पुलिस वाले चैन से खड़े नहीं रहने देते, दौड़ा देते हैं।'

'बैठकर क्यों नहीं बेचते ?'

'कहाँ बैठें, दुकान तो है नहीं। हमारा गाहक भी चलता-फिरता, दुकान भी चलती-फिरती।'

मनहूसाबी पैसे देकर वहाँ से हट गई। लेकिन दिमाग से वह लड़का नहीं हटा। उसके गले में पड़ा वह चाकुओं का चन्द्रहार बार-बार उसे दिख जाता।

इधर लड़के ने अपनी दुकान विस्तृत कर ली है। अब कमर से एक तार बाँध कर उसमें उसने कद्दूकस लटका लिए हैं। सब्जी मार्केट के एक कोने से दूसरे कोने तक के अनगिनत चक्कर लगाता हुआ यह लड़का मनहूसाबी को बेहद अपना लगता है। घर का सामान खरीद जब दाये बायें झोले लटका मनहूसाबी घर की ओर लौटती है, न जाने क्यों उसे लगता है वह बिल्कुल उसी बच्चे की तरह चल रही है, उसके गले में पड़ी नकली सोने की जंजीर से असंख्य बोतलें लटक रही हैं जिसमें तरह-तरह के ज्वलनशील पदार्थ भरे हैं, पेट्रोल, मिट्टी का तेल, तेजाब और स्पिरिट। प्रायः उसे इन सबसे डर नहीं लगता, धन्धे से क्या डरना। खतरा सिर्फ टक्कर का है। यों उसे ठीक से पता नहीं पर शायद इसीलिए मनहूसाबी बेचैन है।

◆◆◆

मुहब्बत से खिलाइए

उसका पति अब तक मेजबान की हर चीज की तारीफ कर चुका था। घर की दरी तक की। दीवान का रंग सुभान अल्लाह, बच्चों के मेनर्स वल्लाह-वल्लाह और बीवी की साड़ी माशाअल्ला। अमिता की हार्दिक इच्छा थी कि वह भी पति के सुर में सुर मिलाकर अच्छी मेहमान साबित हो सके, लेकिन वह इस कोशिश में लगातार नाकामयाब हो रही थी। इसके पीछे कई जाहिर वजहें थीं।

यह एक वीरान-सा कस्बा था और यहाँ लोगों के सिवा शायद कुछ भी दर्शनीय नहीं रह गया था। लोग सुदर्शन नहीं थे, पर एक ढर्रे की जिन्दगी जीते-जीते एक नितान्त निजी किस्म का दर्शन उनके हाथ आ गया था, जो उन्हें विशिष्ट बनाता था। भयंकर ऊब और सुस्ती के बावजूद घरों में परस्पर बुलाने, बुलाये जाने की परम्परा एकदम नहीं थी, इसे एक व्यर्थ का चोचला माना जाता था। यह रस्म अब केवल उन घरों में बची थी जो 'उठाऊ चूल्हे' थे यानी जिनका हर जून में तबादला होता था और जो किसी भी शहर में अपने पाँव जमाने के लिए लोगों को जिमाना पसन्द करते थे।

जब अमिता और सुरेन्द्र इस घर में घुसे, घर की सुरूचि, स्वच्छता और सौन्दर्य ने उन्हें एक-सा प्रभावित किया। कल तक यह एक उजाड़-सा क्वार्टर था। आज यह घर नजर आ रहा था, जिसकी हर दीवार सजी हुई थी। जहाँ मेंहदी के बाड़ की छँटाई की जा चुकी थी और जिसका हर कमरा रोशनी से जगमगा रहा था। इन्द्रजीत मेहता और बकुल मेहता आदर्श दम्पती की तरह आमने-सामने बैठे हुए थे। सुरेन्द्र को देखते ही

मेहता ने फुर्ती से दो पेग बनाए और अमिता से नीबू पानी के लिए अनुरोध करने लगा। सुरेन्द्र के लिए शाम की यह आदर्श शुरूआत थी। उसने कहा, "बकुल जी, आपके यहाँ पर्दों की चॉयस किसकी है, क्या मेहता साहब की ?"

"इन्हें कभी ध्यान भी आता है इन सबका ! यह तो मेरी पसन्द है। मैं शांतिनिकेतन से लाई थी।" बकुल ने गर्व और उल्लास से पर्दों की तरफ देखा। अमिता भी पर्दों की तरफ देखने लगी। उसे भी पर्दे अच्छे लगे थे। अब उसे अफसोस हुआ कि उसने उनकी तारीफ करने में पहल क्यों नहीं की ! दिल की बातें दिमाग में दबाकर वह इसी तरह पिछड़ जाती है।

सुरेन्द्र ने कहा, "हमारे घर के पर्दों पर कहीं आपकी नजर तो नहीं पड़ गई बकुल जी ?"

"क्यों क्या बहुत खूबसूरत हैं ?"

"मत पूछिए। आठ साल पहले जब इस शहर में आये थे, तब टाँगे गए थे ये पर्दे मकान में, आज तक टंगे ही हुए हैं। इन आठ सालों में चौबीस मौसमों की धूल, मैल और गंदगी भी पर्दों के साथ-साथ टँगी हुई है। अब तो हाल है कि हम चलते हुए पर्दों से बचकर निकलते हैं।"

सब फिर हँस दिये सबसे जोर से, सुरेन्द्र।

अमिता सिर से पैर तक जल उठी। क्या अपनी निन्दा किए बगैर बकुल की स्तुति नहीं की जा सकती ! सुन्दर स्त्रियों को सामने पाकर सुरेन्द्र चंचल और वाचाल हो जाता है, यहाँ तक तो अमिता जान चुकी थी, पर वह गलतबयानी भी करता है, यह बिल्कुल नागवार था। अब क्या अमिता धोबी वाली डायरी लेकर बकुल को बताएगी कि किस-किस तारीख को पर्दे धुलने गए थे ? अपनी या घर की कीमत पर वह मेजबान की मिजाजपुर्सी नहीं करेगी, अमिता ने ठान लिया। इसलिए वह चुप थी।

दो पेग लेने के बाद मेहता ने इशारा किया और खाना मेज पर लगा दिया गया।

डोंगे खोलते ही वातावरण में भीनी-भीनी कई खुशबुएँ तैर गयीं। इस बीच बकुल एक बार भी अपनी कुर्सी से नहीं हटी थी। फिर भी उन्हें पता था कि किस डोंगे में क्या है। वे बड़ी कुशलता से भोजन का संचालन कर रही थी। उनकी आँख बिल्कुल रिमोट कन्ट्रोल की तरह नौकर से काम ले रही थी। रसोई से कमरे तक आने में फुल्के न ठंडे हो रहे थे, न पिचके। गेंद की तरह फूले हुए सफेद बुर्राक फुल्के जितने सुन्दर देखने में थे, उतने ही खाने में। हल्के इतने कि एक कौर में आधा भी खाया जाये तो मुँह न भरे।

अमिता को याद आया, एक उनके अपने घर का फुल्का ! वह शायद इससे तिगुना होता था, क्योंकि रोटी चाहे हल्की हो या भारी, घर में सब गिनती की खाते थे। शुरू में जब अमिता नयी-नयी आयी, वह बड़े मनोयोग से छोटे-छोटे फुल्के बनाती थी। घर के बुजुर्गों द्वारा उसे तत्काल घुड़क दिया गया था, "यह पच्चीकारी करने की जरूरत नहीं है। इस तरह खाने वाले को शर्म आ जाये पर पेट न भरे, वह हाल है। तभी न तुम्हारी देह सूखी सलाई है।"

दो-चार बार डाँट खाने के बाद अमिता बिल्कुल ढाबा-साइज रोटी बनाने लगी थी, मोटी, चुपड़ी और नरम।

बकुल की प्लेट में भोजन नहीं था, सिर्फ सलाद की कुछ पत्तियाँ थीं और गाजर, मूली की कतरनें। पता चला उनका व्रत है।

"बुधवार को किस चीज का व्रत होता है" सुरेन्द्र नें पूछा।

बकुल हँसी, एक मीठी, मृदु हँसी।

मेहता बोले, "ब्यूटी और फिगर का।"

"नहीं, नहीं, ऐसे ही, बस शाम को हल्का रहने की इच्छा होती है।" बकुल ने प्रतिवाद किया। उनके चेहरे पर व्रत रखने वाली औरतों की कोई झल्लाहट या अकुलाहट नहीं थी।

मेहता बोले, "अमिताजी, न तो आप बोल रही हैं न खा रही हैं। दरअसल हमारे यहाँ बेहद सादा खाना खाया जाता है। अचार-चटनी के जायके तो हमने आप ही के यहाँ लिए हैं।"

"नहीं, नहीं, खाना बहुत अच्छा है।"

"वैसे ये सब नायाब अचार क्या आप ही डालती हैं ?" मेहता ने पूछा। इससे पहले कि अमिता कुछ बोले, सुरेन्द्र ने कहा, "हमारे घर में अचार एक मजबूरी है। क्या आपने कभी खाने में अचार की भूमिका पर गौर किया है ?"

"क्यों नहीं," बकुल बोली, "वह खाने को एक नया घरेलू आयाम देता है, खाने में एक अपनापन आ जाता है।"

"गलत", सुरेन्द्र ने जोश दिखाया, "दरअसल, अचार आपको बेस्वाद से बेस्वाद सब्जी से भी संघर्ष करना सिखाता है। अचार आपको पेट भरने का विकल्प देता है। यह एक आँसू-पोंछ पुरस्कार है।" सबके हँसने से सुरेन्द्र निरन्तर उत्साहित हो रहा था। खाने की ओर भी उसका उतना ध्यान नहीं था जितना वक्तृता की ओर।

फिर बड़े नाटकीय अंदाज में उसने कहा, "पिछले साल गर्मियों में माँ आई थीं तो उन्होंने हर तरह का अचार डाला था। गर्मियाँ फिर आ रही हैं, पर माँ नहीं। अचार खत्म होने वाले हैं, फिर मैं क्या करूँगा दोस्तो।"

सबसे नागवार अमिता को यह अभिनय लगता है। दो पेग लेने के बाद की यह नाटकीयता वह रोज देखती है, फिर भी इसकी अभ्यस्त नहीं है। उसने कहा, "इस वक्त तुम अचार की तारीफ में व्याख्यान दे रहे हो। जब माँ ने अचार डाले थे तब तुम उनकी कितनी आलोचना किया करते थे ! कहते थे माँ, तुमने हर चीज का अचार डाल दिया बस चूहे और छिपकलियों का अचार डालना बाकी है।"

"तब मुझे क्या पता था कि मेरी पत्नी दिन पर दिन खाना बनाना भूलती जायेगी ! मौसम आयेंगे, मौसम जायेंगे, सब्जियाँ आयेंगी, सब्जियाँ जायेंगी और हमारे घर सिर्फ कद्दू करेला छोड़ जायेंगी।"

एक अमिता के सिवा सब हँस रहे थे। अमिता ने रुआँसी आवाज में कहा, "वह सब तो मैं कभी बनाती भी नहीं हूँ.....?"

"तुम कुछ भी बनाओ डार्लिंग, उसका स्वाद कद्दू जैसा ही होगा। संसार की समस्त सब्जियों का आखिरी मुकाम कद्दू है; हमारा प्यार, हमारा जीवन, भविष्य, सब का सब कद्दू!"

"तुम बिल्कुल गलत बात कर रहे हो, यह तुम जानते हो।"

"मैं कुछ नहीं जानता सिवा इसके कि हम दोनों में से एक इस वक्त सच बोल रहा है और एक झूठ !"

"तुम तो हमेशा सच ही बोलते हो !"

"बात में से यदि व्यंग्य निक़ाल दो, तो भी यह सच है कि मैं हमेशा सच बोलता हूँ।"

"कचहरी वाला सच ?"

"थाने वाले झूठ से तो बेहतर ही है कचहरी वाला सच।"

बकुल और मेहता इस सारी नोंक-झोंक को एक तटस्थ दिलचस्पी से सुन रहे थे, जैसे वे सड़क किनारे बटेरों का भिड़ना देख रहे हों। अमिता अघा गई। पति से, पति की नाटकीयता से। उसने सोच लिया कौन अपना दिल और दिमाग खराब करे, सबसे अच्छा है चुप रहे। कहाँ बकुल और मेहता के चेहरे पर सन्तोष, प्रसन्नता और सुख लिखा था। यहाँ वह साक्षात् अलाव की तरह सुलग रही थी और उसमें उसका पति नाटकीयता का ईंधन डालता जा रहा है।

शायद तनाव नसों में से गुजरता चेहरे पर आ गया था, तभी तो बकुल ने कहा, "अमिता जी, खाना खाइए, मशरूम और लीजिए, आप तो अपने पति को इतने दिनों से अच्छी तरह जानती हैं, नाराज न होइए।" यह सिफारिश शायद इसलिए कि इनकी शाम बरबाद न हो अमिता ने सोचा। गलत बातों की अभ्यस्त वह कैसे हो जाए, क्या सिर्फ इसलिए कि उनकी शादी को बारह साल हो गए ?

सुरेन्द्र ने खाना छोड़ बकुल की नकल में सलाद ले लिया था। कुछ देर तक वह आत्मलिप्त सा चुपचाप खाता रहा, फिर उसने कहा, "अमि डार्लिंग, तुम तो गुस्सा हो गईं । देखो, यहाँ ये कितने अच्छे लोग बैठे हैं,

यह कितनी अच्छी शाम है, कितना अच्छा खाना, यह सब तुम्हारे मुँह फुलाने से विषाक्त हो जायेगा।''

मेहता सहानुभूतिपूर्वक मुस्कराए, ''मेरी बहन भी बहुत जल्द बुरा मान जाती है। देखा जाय तो जीवन में सेंस ऑफ ह्यूमर का होना बहुत जरूरी है।''

बकुल बोली, ''हमें तो न जाने क्यों कुछ भी बुरा नहीं लगता। कोई कुछ भी कह दे, फर्क नहीं पड़ता।''

अमिता को शक हुआ कि बकुल के नीबूपानी में भी जिन मिली हुई थी शायद। तभी वह इतनी रिलैक्स्ड, मदालस और मस्ती से भरी थी। एक वही थी जिस पर मिट्टी का तेल डाला जा रहा था, दियासलाई दिखाई जा रही थी और अब जब वह अलाव बन गई थी, ये कैमरामैन कह रहे थे, ''हँसिए, हँसिए, हाँ ऐसे...''

तभी दादू रसोई से निकलकर आया- मेहता दम्पत्ती का खानसामा। जब वह बीस साल का था, इनकी सेवा में आया था और अब उसके सारे बाल सफेद हो चले थे। दादू ने सबके सामने जेली कस्टर्ड रखा और बकुल के सामने एक गिलास ठंडा दूध।

सुरेन्द्र ने रश्क से मेहता को देखा, भाग्यशाली इन्सान ! आज के जमाने में अच्छा नौकर मिल जाये, अच्छी नौकरी हो, अच्छी-सी बीवी हो, अच्छे-अच्छे बच्चे हों, इसके अलावा और क्या चाहिए ?

उसने दुःख से भारी साँस भरी। उसके पास इनमें से एक भी चीज नहीं थी।

'मैं सोचता हूँ पाकशास्त्र की किताबें खरीदकर अध्ययन शुरू कर दूँ,' सुरेन्द्र ने गम्भीरता से कहा।

''क्यों ?'' बकुल ने शरारत से पूछा।

''क्योंकि कामशास्त्र के बाद यही एक शास्त्र रह जाता है।''

बकुल गुलाबी पड़ गई और अमिता पीली।

''अमि डार्लिंग, एक बार गुर मेरी पकड़ में आ गया, फिर देखना तुम्हें कितना लजीज खाना खिलाया करूँगा।'' सुरेन्द्र ने कहा।

मेहता ने कहा, "अगर आप यही इरादा रखते हैं तो लाख रूपए की बात मैं भी बता दूँ। यह गुर किसी पाकशास्त्र की किताब में आप लिखा न पाइएगा। सच तो यह है कि खाने की जान है मेहनत और मुहब्बत। मेहनत से पकाइए, मुहब्बत से खिलाइए, तो घासफूस भी खाया जा सकता है।"

सुरेन्द्र इस कदर खुश हो गया, मानों उसके साथ अलादीन का चिराग लग गया हो, "वाह मेहता साहब क्या बात बताई है आपने - 'मेहनत से पकाइए, मुहब्बत से खिलाइए।' ध्यान दो अमिता।"

अमिता ने कहा, "आपके यहाँ तो ये दोनों विभाग अलग-अलग लोगों ने संभाल रखे हैं, लेकिन जहाँ एक ही को ये दोनों काम करने हों, वहाँ तो कचूमर ही निकल जाये।"

"अलग कैसे ?"

"देखिए, मेहनत दादू करता है और मुहब्बत बकुलजी।"

मेहता निरुत्तर हो गए। बकुल के चेहरे पर तनाव का एक साया-सा आया। अमिता को हार्दिक खुशी हुई। तब से यह महिला विश्वमोहिनी मुस्कान बिखेरती बैठी थी। बड़ी देर से अमिता की इच्छा हो रही थी इसके अभिजात्य में सुई चुभो दे।

लेकिन सुरेन्द्र उनकी विलक्षणता बनाए रखना चाहता था। शायद उसके अपने आदर्श के लिए यह जरूरी था। उसने चिढ़कर कहा -

"यही तो तुममें खराबी है डार्लिंग। तुम क्या सोचती हो, बकुल जी की गाइडेंस के बिना दादू यह सब कर सकता है ? नौकर से काम लेना भी कला है। सबसे जरूरी होता है यह तय करना कि क्या बने और कैसे परोसा जाय। जाहिर है किसी दादू में इतनी कल्पनाशक्ति नहीं हो सकती।"

बकुल ने अत्यंत सराहना और सम्मोहन के साथ सुरेन्द्र की ओर देखा। उनका रोम-रोम पुलकित था।

अमिता को लगा कि वह गलत जगह बैठी है। उसे इस वक्त मेहता साहब के पास बैठकर मौसम का हाल पूछना चाहिए।

उसे बकुल से रश्क हुआ। बकुल जैसी समस्त स्त्रियाँ उसके निकट ईर्ष्या की पात्र हैं। कितनी आसानी से वे अपने पति समेत दूसरों के पतियों को भी संभाल लेती हैं। घर से लेकर बैंक-बैलेन्स तक की बागडोर उनके हाथ में होती है। उनकी उम्र तीस से पैतालीस तक कुछ भी हो सकती है, लेकिन ये उन्तीस के बाद अपनी आयु फ्रीज कर देती हैं। इनके बाल हर वक्त चमकते रहते हैं, इनकी भवें कमानीदार होती हैं, इनके होंठ दमकते रहते हैं, इनका रंग सीपी-जैसा उजला होता है, वक्त की किसी वारदात का निशान इनकी देह पर नहीं रहता। इन सभी के पति सहृदय, सफल और सम्पन्न होते हैं। वे बात-बात में बीवी को इस तरह काटने नहीं दौड़ते जैसे सुरेन्द्र।

मेहता साहब से अमिता की बात जल्द ही समाप्त हो गई। कॉफी भी। दरअसल बात ठीक से चल ही नहीं पाई। अमिता ने पाया कि वह मुँह से बोल रही थी और मेहता गर्दन से। ऊब कर वह अपना कॉफी का प्याला रखने के बहाने उठ ली।

डाइनिंग टेबिल पर अभी भी वक्त से बेखबर सुरेन्द्र और बकुल बातों में मशगूल थे। अमिता ने उन्हें डिस्टर्ब करना ठीक न समझा। वह रसोई में चली गई। उसने प्याला सिंक में रख दिया। गैस के पास ही एक स्टूल पर बैठा दादू खाना खा रहा था, मोटे चावल और चने की पतली दाल। उसके हाथ में एक हरी मिर्च थी, जिसे वह हर बार थोड़ा-सा कुतर रहा था। पता नहीं अमिता का भ्रम था या सच, पर दादू का चेहरा रुआँसा लग रहा था। अमिता को आया देख उसने झेंपकर खाने पर से हाथ रोक दिया। आधी नजर में ही उसका भोजन अमिता को इतना भयभीत कर गया कि उसने पूरी नजर उठाकर देखा भी नहीं। वैसे ही सामने ताकती वह दरवाजे से निकल गई।

डाइनिंग टेबिल पर अभी भी बदस्तूर बातें चल रही थीं। बिल्कुल खलनायिका अन्दाज़ में अमिता को कहना पड़ा, "घर चलें या अभी रुकेंगे?" सुरेन्द्र मानों स्वप्न से जागा। उसने बड़ी देर बाद अपने आस-पास की दुनिया पर नजर उठाई। इस दुनिया में बकुल के पति

और उसकी अपनी पत्नी भी थी। सबकी कलाई पर घड़ी थी, जो एक-सा शब्द टिकटिक कर कहे जा रही थी, "विदा, विदा, विदा।"

सामान्य होने की प्रक्रिया में सुरेन्द्र ने मेहता जी से आखिरी बार विनम्रता बरती, "आज मेहता साहब आपने हमें वह संदेश दिया है, जो किसी किताब में न पढ़ा था न सुना "मेहनत से पकाइए, मुहब्बत से खिलाइए।'

मेहता ने उबासी लेते हुए गुडनाइट की।

बकुल जी ने बड़े कलात्मक ढंग से नमस्कार किया। वापसी में रास्ते भर अमिता की आँखों के सामने दादू के खाने की थाली आती रही और कानों में गूँजता रहा एक सूत्रवाक्य 'मेहनत से पकाइए, मुहब्बत से खिलाइए।'

◆◆◆

अट्ठावनवाँ साल

अचानक उम्र ने उनके साथ सौतेला बर्ताव शुरू कर दिया। अभी कल ही की बात है लोग उन्हें हैंडसम और डैशिंग कहा करते थे। वे रहते भी लकदक। किस्म-किस्म के कपड़े थे उनके पास। सूट, सफारी-सूट, अलीगढ़ शेरवानी, जोधपुरी कोट और लखनवी कुर्ता, उन पर सब फबता। उनके चेहरे में कई लोकप्रिय सितारों की छवि झलक मारती। दिनभर की मेहनत के बाद शाम को नहा-धोकर वे अपना दिन एक बार फिर शुरू करते, पीटर स्कॉट के साथ। कमरे में मध्यम सुर में रिकार्ड चलता रहता, सामने प्लेट में सलाद होता और वे चहलकदमी करते हुए अपनी पत्नी से दुनिया-जहान की बातें कर डालते।

'मैंने आज एम0डी0 को बता दिया सुषमा, कि एयरकंडीशनर से कम कीमत का होकर भी कूलर ज्यादा मुनाफा देता है। एयरकंडीशनर हफ्ते में चार बिकते हैं, तो कूलर चार सौ। जो चलेगा वह फलेगा, सीधी-सी बात है।'

'सुषमा, भारती देवीदासानी का फोन आया था, वह दक्षिण भारत जा रही है, घूमने। पूछ रही थी क्या तुम्हारे लिए हीरे की लौंग ले आये।'

उनकी पत्नी बातों का जवाब कम देती थी। वह जानती थी वे जवाब के लिए सवाल नहीं करते। जवाब तो उनके जेहन में पहले से ही तैयार रहता।

पत्नी का नाम सुषमा वर्षों पहले अपनी सार्थकता खो चुका था। कई नाम समय सापेक्ष होते हैं, अस्थायी। रखनेवाले नहीं जानते कि

आगे चलकर नाम किस कदर ध्वस्त हो जाते हैं। सुषमा, शोभा, सपना जरूर ऐसे नामों की सूची में आते होंगे। अच्छा यही है कि नाम को लेकर कोई इतना सोच-विचार नहीं किया करता, नाम जुबान पर चढ़ जाते हैं, अपनी पूरी निरर्थकता में भी। सुषमा उन स्त्रियों में से थी, जो सैंतीस के बाद अचानक सूखने लगती हैं, किसी बगिया की तरह। फिर न मेकअप मदद करता है, न फैशन। पहले त्वचा मुरझाने लगती है। फिर आँखें, फिर बाल और अंत में एक-एक अवयव सिकुड़कर जैसे कूच की तैयारी में लग जाता है।

ऐसा नहीं था कि डी0के0 अपनी पत्नी में आते बदलाव को देख नहीं पाये थे। इस प्रक्रिया की शुरूआत उन्होंने जरूर हताशा से देखी, फिर लम्बी साँस भर समझौता कर लिया यह सोचते हुए कि हर फूल का अपना यौवन होता है।

उनकी पत्नी पर तो उम्र का असर धीरे-धीरे हुआ। उनकी नजरों के सामने। उन पर एकबारगी हुआ था। एक शाम उन्होंने बिना बेल्ट और पैंट के सिर्फ तौलिए में अपना जिस्म देखा तो पाया तौलिया छोटा पड़ने लगा है। यही तौलिया आराम से लपेट कर वे गुसलखाने में जाया करते थे। उनका पेट बढ़ गया था। अवश्य यह धीरे-धीरे हुआ होगा पर उन्हें लगा रातों-रात ऐसा हुआ। पहले उन्होंने सोचा यह गैस है फिर उन्हें मानना पड़ा यह चर्बी है। सबसे ज्यादा दिक्कत बेल्ट की आयी। बेल्ट कहाँ लगायी जाए। पेट से ऊपर या नीचे या बीच में। कोई भी जगह निरापद नहीं थी, बल्कि भयंकर असुविधाजनक थी। बेल्ट के बिना पेट को खुली छूट भी नहीं दी जा सकती थी। क्योंकि तब पेट एकदम अलग व्यवहार शुरू कर देता। वे हँसते तो उनसे ज्यादा उनका पेट हँसता, वे झुकते तो उनसे ज्यादा उनका पेट झुकता। वे करवट बदलते तो पेट कुछ देर बार करवट बदलता।

पहली बार उन्हें सेहत पर ध्यान देना पड़ा। सोडे की जगह पानी के साथ ड्रिंक्स लेना शुरू किया। वनस्पति की जगह रिफाइंड ऑयल आने लगा। गरिष्ठ, सुस्वादु भोजन भी मन मारकर कम करना पड़ा, लेकिन

लगा-जैसे खाने में से किसी ने स्वाद ही खींच लिया। कहाँ वे राजमा, छोले, और कोरमा-जैसी चीजों के शौकीन थे, कहाँ उन्हें डॉक्टर ने परवल, लौकी और तोरई जैसी हरी सब्जियाँ खाने की हिदायत दे दी। किसी दिन बहुत मन मचलता तो वे कटहल कोफ्ता और नान खा लेते फिर रात देर तक कमरे में बेचैन चक्कर काटने पड़ते। चूर्ण, गैसहर गोली, किसी भी चीज से चैन न मिलता।

उम्र का अठ्ठावनवाँ साल इस कदर कष्टदायी होगा, उन्होंने कब सोचा था। इतने वर्षों से एक हेयर ड्रेसर महीने में एक बार घर आकर न सिर्फ बाल काट जाता था वरन् अधपके बालों में 'डाई' भी लगा जाता। हेयर ड्रेसर की बदौलत वे हमेशा युवा बने रहे। लेकिन अब हफ्ता बीतते न बीतते डाई उतरने लगी और सिर में जगह-जग़ह सफेदी कुछ इस तरह नजर आने लगी-जैसे स्कूल में श्यामपट ठीक से न पोंछा गया हो और जगह-जगह चॉक के निशान रह गये हों। बाकी ज़गह डाई के कारण, उनके काले बाल बहुत अधिक काले और सफेद बाल बहुत अधिक सफेद लगने लगे। दफ्तर जाते वक्त वे शीशे में अपना अक्स देखते और अफसोस से सिर हिलाते। उन्हें लगता जैसे वक्त की गाड़ी के गियर से उनका हाथ पूरी तरह फिसलता जा रहा है। वे इस तरह अधेड़ नहीं होना चाहते थे, यकायक, रातोरात, मानों उन्हें किसी ने शाप दे दिया हो। वे बड़े कायदे से, गरिमा से, धीर-धीरे, 'विलंबित लय' में वृद्ध होना चाहते थे, पहले कनपटी पर, फिर गर्दन के पीछे, फिर बीच में और अंत में आगे। वे चाहते थे बुजुर्गी क्रमवार उन पर उतरे, पहले बालों पर, फिर कंधों पर, फिर कमर पर और अंत में घुटने पर। लेकिन इधर बदलाव जेट रफ्तार से आ रहे थे।

इलेक्ट्रानिक इंडिया में उनकी बाइस साल की सर्विस थी। वे असिस्टेंट एकाउंटेंट से ब्रांच मैनेजर के पद पर पहुँचे थे। उनका अब तक का जीवन केवल कंपनी का हित सोचने में व्यतीत हुआ था। नतीजा यह था कि उन्होंने कंपनी का सेल कहीं का कही पहुँचा दिया। बदले में कंपनी ने भी उन्हें बहुत-कुछ दिया, वह सब जिसकी एक सफल, समृद्ध अधिकारी ख्वाहिश रख सकता है। सेल टारगेट कहीं नीचे न जाए, इसके लिए उन्होंने

अपनी विक्रय नीति को प्रत्यंचा की तरह तान कर अपने काबू में रखा हुआ था। कंपनी कुल तीन चीज बनाती थी, फ्रिज, कूलर और एयरकंडीशनर। इनमें सबसे सस्ती चीज कूलर थी पर उसी में सबसे ज्यादा मुनाफे का हाशिया बचता। डी0के0 ने इसका सेल अपने शिखर पर पहुँचा दिया। इसी स्पर्धा में दफ्तर से कभी लंबी छुट्टी नहीं ली। हर साल उन्हें एक माह का अतिरिक्त वेतन मिलता रहा। कहीं गये भी तो कंपनी के काम से। कहीं से लौटे तो कंपनी के काम से। अपनी बहनों के ब्याह में अपनी मौजूदगी चेक से दिखा दी। चचेरे-ममेरे रिश्तेदारों में हुई गमी में टेलिग्राम से शोक प्रकट कर दिया। अब तो हाल यह था कि कंपनी का हित-अहित, फायदा-नुकसान वे कंपनी के मालिकों से भी ज्यादा अच्छी तरह समझते। जैसे ही उनकी आर्थिक स्थिति अच्छी हुई, बच्चों को भी हॉस्टल में डाल दिया। बच्चों के कारण कभी काम में विघ्न नहीं आया। जितने संपर्क उन्होंने अब तक बनाये कंपनी के लिए, जितने तोड़े, कंपनी के लिए।

कंपनी ने भी उनके नाज-नखरे उठाने में कोई कसर न छोड़ी। उनका केबिन इतना आरामदेह बनाया गया था कि वहाँ वे घर से ज्यादा आत्मीयता, आराम और आश्वासन पाते। उन्हें अपने केबिन पर कर्मचारियों पर, कारीगरों पर नाज था। जब वे अपने दफ्तर में घुसते उन्हें, लगता जैसे वे मैनेजर न होकर मैनेजिंग डाइरेक्टर ही हैं। वे एक शहनशाह की तरह विक्रय-निर्णय लेते। अब तो उन्हें लगने लगा था कि कंपनी उनके बिना चल ही नहीं सकती। छिन्न-भिन्न हो जाएगी।

पर वक्त एक खलनायक की तरह अपना खलकार्य करता रहा था। औरतों के चालीसवें साल की तरह मर्दों का अट्ठावनवाँ साल बड़ा जालिम होता है। सरकारी नौकरियों वाले मर्द अठ्ठावन संख्या से इतना डरते हैं जितना एटम बम से। उनके लिए अठारह नहीं, अड़तीस नहीं, अड़तालीस नहीं, अट्ठावन की गिनती मनहूस होती है। यह डी0के0 का अट्ठावनवाँ साल था। लेकिन उन्हें लगता था उनकी कंपनी सरकारी नहीं है, अतः वे आशंकित थे, किन्तु आतंकित नहीं थे। लेकिन उस दिन यकायक हेड ऑफिस से उनके प्रॉविडेंट फंड के कागज़ात भेजे गये, जिसके साथ एम0डी0 की एक बेहद विनम्र चिट्ठी लगी थी -

'प्रिय मिस्टर डी0के0, आप निस्संदेह हमारे संस्थान के लिए बेहद उपयोगी सिद्ध हुए हैं। आपने इतनी निष्ठा और कर्तव्य भाव से इन वर्षों में कार्य किया है। आपकी थकान व ऊर्जा-क्षय का अंदाज हम बखूबी लगा सकते हैं। संलग्न कागजों पर हस्ताक्षर कर कृपया हमें लौटा दें ताकि तीस जून को आप अवकाश के साथ-साथ पी0एफ0 तथा ग्रेच्युटी भी प्राप्त कर सकें। विनम्र- आर0आर0 खन्ना, एम0डी0 ।'

एक क्षण को डी0के0 को यकीन ही न हुआ कि यह पत्र उनके लिए है। जब यह यकीन हुआ तब उन्हें इस बात को याद करना पड़ा कि अरे यह तो उनकी जिन्दगी का अठ्ठावनवाँ साल है। उनके कंधे सूट के भीतर ही भीतर कुछ ढीले पड़ गये। वे कुरसी में जरा नीचे को धँस गये। आज पहली बार उन्होंने पानी का वह गिलास काम में लिया जो हमेशा उनकी मेज पर ढका रखा रहता था। सबसे पहले उन्हें अपनी पत्नी की याद आयी। शायद इससे पहले उन्हें दफ्तर में कभी उसकी याद नहीं आयी थी। आज उन्हें लगा वे तत्काल घर जाएँ और सुषमा की बाँहों में फफक पड़ें।

उन्होंने पी0एफ0 के कागजों पर हस्ताक्षर किये और घर के लिए चल दिये। मुश्किल से दो मिनट का ड्राइव था, लेकिन उन्हें लम्बा लगा। सुषमा घर में ही थी। उसने ड्रेसिंग गाउन के ऊपर एक पुराना तौलिया कंधों पर डाल रखा था। कमरे और उसके बालों से हेयर डाई की तीती गंध आ रही थी। और कोई वक्त होता वे चिढ़ उठते, 'यह काम तुम मैरी के यहाँ जाकर क्यों नहीं कराती, सारे घर की हवा केमिकल हो रही है।' लेकिन आज वे कुछ नहीं बोले। निःशब्द कंपनी का पत्र सुषमा को थमा दिया। सुषमा ने लपककर ड्रेसिंग टेबिल से चश्मा उठाया। सहसा उन्हें आभास हुआ जब वे दोनों ही युवा नहीं रहे हैं, घर में चश्मों की संख्या बढ़ती चली जा रही है। वे अठ्ठावन के हैं, तो सुषमा भी पचपन की होगी, यही तीन साल की छोट-बड़ाई याद पड़ती है। सुषमा के बाल इस वक्त चिपचिपा रहे थे अतः उसकी बाहों में फफकने का सवाल ही नहीं था। सुषमा ने पत्र पढ़ा, चश्मा उतारा, उनकी ओर देखा और कहा, 'बैठो, मैं चाय बनाती हूँ।'

उन्हें गुस्सा आ गया।

यह चाय का वक्त है। अभी-अभी वे जहर पीकर आये हैं और सुषमा चाय पीने की बात कर रही है। वह कैसे इतनी जल्दी संभल सकती है जबकि वे बिखरे पड़े हैं। सुषमा जीवन भर इसी पशुस्तर पर जीती रही है। वह अपनी खुशी खाना देकर व्यक्त करती है, नाखुशी खाना न देकर। किसी दिन मुहब्बत ज्यादा जोर मारती है तों कुछ ज्यादा अच्छा खाना बनवा देती है। मुहब्बत का जोर उतरने पर फिर वही उनकी नापसंद का खाना बनने लगता है। इन बातों को लेकर उन्होंने कलह नहीं की तो सिर्फ इसलिए कि खाना उनके जीवन में अपना महत्व खोता जा रहा था, महत्वपूर्ण थी विक्रय-नीति, विक्रय-लक्ष्य।

उन्होंने चिढ़कर उसे देखा, 'मैं दोपहर में इस वक्त चाय पीने घर नहीं आया हूँ। तुम्हें फुरसत हो तो साथ बैठो।' सुषमा ने उनकी कठिन आवाज से कुछ अंदाज लगाया। वह शीघ्रतापूर्वक बाथरूम में जाकर सिर पर पानी डाल आयी, हालांकि डाई को अभी बीस ही मिनट हुए थे। इस सब काम में उसने मुश्किल से पाँच मिनट लगाये। डी0के0 कमरे में बेचैन चक्कर काटते रहे, एक ऐसे पक्षी की तरह जिसे एहसास हो गया हो कि अब बाहर निकलने का कोई भी रास्ता बचा नहीं है। सुषमा गुसलखाने से तौलिए का पग्गड़ सिर पर बाँध जल्दी जल्दी निकली। बाल धोंने में चेहरा भी धुल गया था। डी0के0 ने कुछ चकित हो उसे देखा। यह एक अनजाना चेहरा था। आँखों के नीचे से बढ़कर स्याही गालों की हड्डी तक फैली हुई थी, माथे पर कई सलवटें। आँखों का काजल धुल जाने से वे निस्तेज लग रही थीं। उन्हें लगा यह मात्र एक प्रौढ़ा का नहीं, एक अवकाश प्राप्त आदमी की पत्नी का भी चेहरा है।

सुषमा ने बालों से तौलिया खोल कंधों पर फैला लिया और उलझे बालों से ही उनके पास बैठ गयी।

कुछ पल वे सुषमा के बालों से झरती पानी की बूँदें देखते रहे। फिर वे यकायक फट पड़े, फूट पड़े। कंपनी की निदर्यता उनकी बर्दाश्त के बाहर थी।

सुषमा ने सिर्फ उनका हाथ थपथपाया। बालों में अंगुलियाँ फेरी, और धीरे से कहा, ''चलो बहुत काम कर लिया।' डी0के0 कुछ शांत हुए, लेकिन वे अभी भी कन्फ्यूज्ड थे, 'अगर कंपनी को मुझे रिटायर ही करना था तो पिछले महीने मकान में नया गीजर क्यों लगवाया ? सारे फ्लैट में प्लास्टिक पेंट। मेरी गाड़ी भी बदलवायी गयी। पुरानी गाड़ी जबकि पुरानी नहीं थी, कबाड़ के दाम बेच दी गयी।'

'यह सब तो कंपनी की नीतियों में शुमार है। जो भी आयेगा......'

'यू आर राइट सुषमा। कंपनी मेरे लिए नहीं, अपनी नीतियों के लिए यह नाज-नखरा करती है। जो भी मेरे बाद आयेगा, उसे यह सब मिलेगा और वह मूर्ख भी सोचेगा कि कंपनी ने यह सब खास उसके लिए किया है उसी के लिए।'

फिर सुषमा ने चहककर कहा, 'दोनों बच्चों से कब से नहीं मिले। तुम सीट रिजर्व करा लो तो पहली को ही बंगलौर चलें। दक्षिण भारत देखने की मेरी बड़ी तमन्ना है।'

उनके दोनों बच्चे बंगलौर के इंजीनियरिंग कालेज में पढ़ रहे थे।

डी0के0 आंदोलित नहीं हुए, 'पहले बच्चों से पूछो। क्या वे हमारा आना पसंद करेंगे। उनके लिए हमने अब तक क्या किया है। जो कुछ किया है हमारे बैंक एकाउंट ने किया है। बच्चे तो हमें एक अजनबी मानते होंगे। फिर क्या मैं एक साधारण यात्री की तरह रेल में बैठ पाऊँगा। अब तक जहाँ भी गया, कंपनी ने हवाई जहाज से भेजा, एयरपोर्ट पर कंपनी स्टाफ ने पूरे सम्मान के साथ उतारा, जितने दिन जहाँ भी रहा स्टाफ कार मेरे हवाले रही। अब मैं टैक्सियों के लिए क्यू लगाऊँगा ? क्या मैं ये सब कर सकूँगा सुषमा ?'

'मुश्किल तो होगा, पर करना ही होगा। चलों, तुम्हें क्या फिक्र है। दो-तीन साल में दोनों बेटे सैटल हो जाएंगे, फिर हम मुक्त होंगे, बिलकुल।'

'और करेंगे क्या इस मुक्ति का ? बैठे-बैठे घड़ी की टिकटिक सुनेंगे या सड़क ताकेंगे?'

'तुम इतना घबरा क्यों रहे हो। शहर तुम्हारे परिचितों से भरा पड़ा है।

'गलत। शहर कंपनी के संपर्कों से भरा पड़ा है। लोग तो अब आँख भी नहीं मिलाएँगे। पहली तारीख से ही वे अगले मैनेजर के घर सलाम ठोकना शुरू कर देंगे।'

'अच्छा चलो मान लो सब मतलबी हैं, सब स्वार्थी। पर हम दो तो हैं ना!' सुषमा ने उनके माथे पर हाथ फेरते हुए कहा।

डी0के0 को सुषमा की आवाज में बड़ी मीठी खनक लगी, खरे सिक्के की खनक जैसी। वह नहाकर लौटी थी, फिर भी उसकी अंगुलियाँ गुनगुनी थीं। उन्हें लगा अभी बहुत कुछ करने को बाकी है। अभी तो वे एक-दूसरे को फिर से पहचानने में काफी समय गुजार सकते हैं।

◆◆◆

मनोविज्ञान

मनोविज्ञान की छात्रा होने के बावजूद कविता अपने पति का मनोविज्ञान बिल्कुल नहीं समझ पाई थी। दरअसल वह एक रट्टू तोता प्रतिभा थी और रट्टे के सहारे ही वह एम0ए0 तक प्रथम श्रेणी में पास होती गई। अपने विषय को उसने जीवन में बस उतना ही महत्व दिया था जितना नौकरी पाने की योग्यता के लिए अनिवार्य होता है। वह एक सामान्य परिवार की सहज-सी लड़की थी जिसके लिए शादी का अर्थ घर, सुरक्षा और हैसियत था।

लेकिन नवीन ने जीवन का कभी पारंपरिक अर्थ स्वीकार नहीं किया था। उस के लिए जीवन एक नित नया चमत्कार था। वह जीवन को प्रयोगशाला समझता था और अपने आप को शोधकर्ता। कविता उसे आकर्षक लगी इसलिए उसने शादी कर डाली लेकिन इसका अर्थ यह कतई न था कि वह अपनी प्रयोगधर्मिता भूल जाए। न ही उसे यह पसंद था कि कविता एक औसत औरत की तरह उसका इस्तेमाल एक टाइमटेबिल के रूप में करने लगे, सात बजे, जाग जाओ, आठ बजे नाश्ता खाओ, साढ़े नौ बजे दफ्तर जाओ, पाँच बजे वापस आओ, छह बजे टी0वी0 देखो, नौ बजे फिर खाना खाओ दस बजे ब्रश करो, प्रेम करो और सो जाओ।

सबसे पहले नवीन ने कविता का आधुनिकीकरण किया। उसके चिकने, चपटे चिपचिपे बाल कटवा कर छोटे, छितरे और चुलबुले बनवाए। अब उनका तार-तार गिना जा सकता था। थोड़ी-सी आनाकानी के बाद कविता ने पार्लर में जाकर वैक्सिंग, थ्रेडिंग और ब्लीचिंग भी

मंजूर कर ली। जब वह पार्लर से घर आई तो नवीन उसकी ओर देख एक कृतिकार के गर्व और हर्ष सें भर उठा।

इसके बाद नवीन ने अपने फ्लैट का आधुनिकीकरण किया। उच्च अधिकारी होने के नाते बहुत-सा काम तो शासकीय स्तर पर हो गया, बाकी उसने खुद कर डाला।

अब नवीन को विश्वास हो गया कि वह सही मायने में आधुनिक जीवन जी रहा है। पुराने विचार, पुरानी चीजें और पुराना कबाड़ तीनों से उसे छुटकारा मिल गया है।

ऐसे नए माहौल में नवीन और कविता ने कभी नहीं सोचा था कि उनकी पहली-पहली लड़ाई एक बेहद पुरानी और घिसी-पिटी बात को लेकर होगी। पर हो गई। वे दिसंबर के आखिरी दिन थे। पार्टियों का मौसम था, सबके साथ सब अच्छी बातें तभी हो रही थीं। जन्मदिन, गृहप्रवेश और शादी की सालगिरह जैसी गेदरिंग के साथ-साथ शहर में महत्वपूर्ण साहित्यकारों की गोष्ठियाँ भी उन्हीं दिनों हो रही थीं। सीमित समझ होते हुए भी कविता को कला और साहित्य में रुचि थी। रविवार को उन्हें ऐसी ही एक गोष्ठी में जाना था। गोष्ठी विश्वविद्यालय भवन में थी। तय था कि दोनों जाएेंगे।

यकायक दोपहर को तार आया कि उसी दिन, रात की गाड़ी से अम्मा पहुँच रही हैं। तार पढ़ कर नवीन ने फौरन कहा, 'यह तो बहुत बढ़िया हुआ। रात को हम दोनों स्टेशन जाएँगे।'

'पर आज तो हमें गोष्ठी में जाना है।' कविता ने याद दिलाया।

'गोष्ठी में हम कैसे जा सकते हैं, जब अम्मा आ रही हैं ?'

'पर यह तो बहुत बुरा लगेगा। मैं अपने हैड से भी कह चुकी हूँ कि हम लोग आएँगे।'

'हैड से यह भी तो कहा जा सकता है कि हम नहीं आएँगे', नवीन ने पास पड़े टेपरिकार्डर की धूल रूमाल से पोंछते हुए कहा।

'अम्मा कोई पहली बार तो आ नहीं रही हैं', कविता ने मुँह फुला कर कहा, 'ड्राइवर को भेज देना।'

नवीन को गुस्सा आया, 'ड्राइवर की अम्मा नहीं आ रही हैं, फिर ड्राइवर भी नया है।'

'पर गाड़ी तो पुरानी है, अम्मा गाड़ी पहचानती हैं, गोष्ठी में न गए तो बहुत बुरा लगेगा।'

'तो ऐसा करते हैं', नवीन ने कहा 'मैं गोष्ठी में हो आता हूँ, तुम अम्मा को लेकर घर आ जाना।'

कविता कुढ़ गई। उसे फैज को सुनने का, देखने का कितना चाव था। इतना बड़ा मौका हाथ से निकल रहा है। नवीन हमेशा ऐसे फँसाव वाले हल ढूँढ़ता है जो न लिए बने न दिए बने। नवीन कविता की मनःस्थिति से अनभिज्ञ अपनी ही धुन में था। उसने कहा, 'आज ठंड भी कितनी गजब की है, तुम गाड़ी में एक एक्स्ट्रा शॉल ले जाना अम्मा के लिए। अपने हाथ से उन्हें गर्मागर्म एक कप चाय पिलाना, तब तक मैं भी वापस आ जाऊँगा, फिर इकट्ठे खाना खाएँगे।'

'यह सब काम तो नौकर भी कर सकता है।'

''नौकर बाहरी लोगों के लिए कर सकता है, अम्मा के लिए तुम्हें करना चाहिए, तुम्हारा धर्म है।''

कविता भौंचक सुनती रही। धर्म और कर्तव्य जैसे भारी-भरकम शब्दों का इस्तेमाल इस घर में बहुधा नहीं होता था। इसलिए शायद कविता इनकी गंभीरता नहीं समझती थी। उसने आखिरी प्रयत्न किया, 'आज की गोष्ठी में कुलपति भी आएँगे, मैं उनसे मिलना चाहती थी।'

'अपने पति की जगह तुम कुलपति की चिंता में व्याकुल हो यह मुझे पसंद नही। फैज़ का क्या, बार-बार आएँगे, उन्हें हिन्दुस्तान आना पसन्द है, उनके यहाँ हजारों दीवाने हैं।'

'अम्मा भी तो बार-बार आएँगी, यह कोई पहली और आख़िरी बार तो आ नहीं रहीं।'

नवीन का दिमाग जल उठा। लिबास और श्रृंगार तक की आधुनिकता तो उसे प्रशंसनीय लगती थी पर दिमाग का इतना स्वतंत्र रवैया उसे हजम नहीं हो रहा था। उसने ऐंठ कर कहा, 'ठीक है कविता जी आप

जाइए, कविता सुनिए, अम्मा को मैं ले आऊँगा, खाना भी खिला दूँगा और सिर भी दबा दूँगा उनका। अगर वे पूछेंगी बहू कहाँ है तो यह टेप सुना दूँगा। जो कुछ तुमने उनके बारे में कहा है, मैंने सब टेप कर लिया है।'

कविता आश्चर्य, आतंक से अवसन्न हो गई। उसे बिल्कुल नहीं पता था कि पास पड़े टेपरिकार्डर का यह इस्तेमाल हो रहा है, 'नहीं तुम इस तरह का क्रिमिनल बिहेवियर नहीं करोगे।'

'तुमसे फिर भी कम। आज उन्हें भी पता चल जाएगा कि उनके विरुद्ध तुम्हारे अंदर कितना जहर भरा है।'

कविता की छुट्टी नष्ट हो गई। पति की बेरहमी से यह उसका पहला साक्षात्कार था। आगामी घंटों के परिणाम की कल्पना से वह इतनी शिथिल हो गई कि न वह गोष्ठी में गई और न आयोजकों को फोन कर पाई कि वह नहीं आएगी।

स्टेशन जाने के वक्त हालाँकि कविता जाने के लिए तैयार थी, नवीन उसे साथ नहीं ले गया। उसने काफी मिन्नत की, माफी माँगी, वह बाहर गेट तक आई पर नवीन ने यही कह कर गाड़ी स्टार्ट कर दी, 'कविता जी, आप गोष्ठी में जाइए, कवियों से मिलिए, आप यहाँ क्या कर रही हैं।'

कालोनी में आस-पास भी सरकारी बँगले थे। गेट से आगे बढ़ कर कविता तमाशा खड़ा नहीं कर सकती थी । मन मार कर वह अंदर आ गई।

सबसे पहले उसने टेपरिकार्डर ढूँढ़ा। वह सुनना चाहती थी आखिर उसने ऐसी क्या आपत्तिजनक बातें कह डालीं। लेकिन उसने पाया टेपरिकार्डर मय कैसेट के, अपनी जगह से गायब था। नवीन की स्टडी में ताला लगा था, हमेशा की तरह। नवीन अपनी स्टडी को गोपन कक्ष की तरह रखता था। वहाँ उसे कविता का प्रवेश भी बर्दाश्त न था। जरूर वह टेप वहीं बंद कर गया है, कविता ने सोचा।

यही वजह थी कि अंततः जब अम्मा घर आईं तो उन्होंने कविता को इतना ज्यादा विनम्र, अर्पित और उन्मुख पाया कि वे चकित रह गईं।

जब वे हाथ-मुँह धोने बाथरूम में गईं, नवीन ने कविता की ओर देखकर कहा, 'आज तो मैं तुम्हें क्षमा किए दे रहा हूँ, पर आइंदा कभी अम्मा को लेकर बदजुबानी न करना। टेप मेरी आलमारी में बंद है।'

कविता ने राहत की साँस ली और संकल्प किया कि वह कभी बिना सोचे-समझे नहीं बोलेगी।

लेकिन नवीन की मानसिकता समझना आसान काम न था, कम से कम कविता के लिए। विवाह के प्रथम वर्ष के साथ-साथ प्रथमोल्लास भी ख़त्म हुआ और सारी ऊपरी आधुनिकता के बावजूद नवीन का प्राचीन संस्करण भी उभर कर सामने आता गया। एक मुलम्मा था जो उतरता गया।

कविता के अंदर प्रेम और निष्ठा की कमी न थी पर वह नवीन को कभी यकीन न दिला पाई कि यह दुर्लभ पूँजी उसके पास है, उनकी जीवन-पद्धति में कई बातें ग़ैरज़रूरी थी जैसे पूजा-पाठ और व्रत-उपवास। कविता को अपने माता-पिता से आर्यसमाजी संस्कार मिले थे। उसने पर्व-त्यौहारों को सिर्फ सांस्कृतिक स्तर पर जाना था या पकवानों के स्तर पर। उसके घर में, जब होली आती तो गुझिया बन जाती, दीवाली आती तो खील-बताशे आ जाते। यहाँ तक कि बैसाखी पर उसके पिता छोले-भटूरे और लस्सी का प्रोग्राम बनाते। वे सभी धर्मों के प्रति एक से सापेक्ष और निरपेक्ष लोग थे।

कविता को नहीं पता कि वह कौन दिन था जब वे दोनों रस्तोगी साहब के यहाँ गए थे। नवीन की तरह रस्तोगी भी उपसचिव थे, दोनों के विभाग अलग थे। नीलम रस्तोगी ने उन्हें चाय और नाश्ता पेश किया पर साथ नहीं दिया। नीलम रस्तोगी देखने में एक सुंदर-संभ्रान्त महिला थी और प्रौढ़ होने के बावजूद युवा लगती थीं।

नवीन ने कहा, 'नीलमजी, आप चाय नहीं लेंगी ?'

'आज माफ़ कर दें।'

'फिर हम भी नहीं पिएँगे।'

'देखिए मजबूर न कीजिए, 'नीलम ने कहा, 'आज मैं पानी भी नहीं पी पाऊँगी। मेरा हरतालिका का व्रत है।'

रस्तोगी साहब ने सगर्व नवीन की ओर देखा जैसे वे बाजी मार ले गए। फिर उन्होंने कहा, 'लगता है कविताजी का इस व्रत में विश्वास नहीं, तभी तो आप को कुछ नहीं पता।' कविता ने कहा उसे तो यह भी नहीं पता कि ऐसा कोई व्रत होता है। और यह क्यों होता है।

रस्तोगी साहब को बोर करने का आदर्श विषय मिल गया, 'यही तो है आधुनिक शिक्षा नवीनजी, जो हमें सांस्कृतिक रूप से खाली करती जा रही है। हमारे पर्व-त्यौहार अपना महत्व खोते जा रहे हैं और एक समूची युवा पीढ़ी का सांस्कृतिक पतन हो रहा है। आप तो संस्कृति-विभाग में हैं, कुछ कीजिए।' रस्तोगी की आवाज में व्यंग्य था।

आमतौर पर व्रत-उपवास को नवीन भी महत्व नहीं देता था और न ही वह इसे मोक्ष का मार्ग मानता था। पर उसे रस्तोगी का विजेता-भाव नागवार लगा।

बदले की नीयत से उसने अपना ध्यान नीलम रस्तोगी की ओर मोड़ा, 'नीलमजी वह व्रत किसलिए किया जाता है ?'

नीलम रस्तोगी शरमाई। इससे पहले कि वे जवाब दें रस्तोगी साहब का भाषण शुरू हो गया, 'जन्म जन्मांतर इसी जन्म का साथी फिर-फिर मिले, इसलिए किया जाता है यह व्रत। भारतीय धर्मों में सबसे कठिन उपवास माना जाता है यह। पति-पत्नी संबंधों का स्वर्णिम इतिहास इस एक व्रत के आधार पर लिखा जा सकता है।'

नवीन को गहरी चिढ़ हुई। रस्तोगी जैसे बोर, मोटे, ठिगने और कमसूरत आदमी के लिए नीलम जैसी कमनीय, कोमल कांत स्त्री वह

कठिन तपस्या करे कि जन्म-जन्मांतर उसे यही साथी मिले जबकि नवीन जैसे सुन्दर, प्रतिभा सम्पन्न व्यक्ति की पत्नी आराम से बैठी चाय सिप कर रही है।

प्रकट, नवीन ने कहा, 'मैं नहीं सोचता व्रत, पतिव्रत को बढ़ाता है।'

लेकिन रास्ते में उसने कविता की खबर लेनी शुरू की, 'अच्छा मान लिया कि तुम्हें मुझसे कोई प्यार नहीं पर जब तुमने देखा कि नीलमजी चाय नहीं पी रही तो तुम न पीने का अभिनय कर सकती थीं, तुम यह तो कह सकती थीं कि तुम्हारा भी व्रत है।'

'जिस चीज की मुझे खबर भी नहीं उसके बारे में कैसे कुछ भी कह सकती थी ?'

'तुम इतनी परम्परा-शून्य क्यों हो ?'

'मैं इन बातों को कोई महत्व नहीं देती।' कविता ने कहा, 'मुझे यह सब नाटक लगता है।'

'दरअसल तुम मुझसे ऊब चुकी हो। अगले जन्म में तुम परिवर्तन चाहती हो। तुम एक संवेदना-शून्य औरत हो।'

'मैं तुमसे बोलना भी नहीं चाहती, प्लीज कीप क्वायट।' कविता ने कहा।

नवीन ने घर में इस बात पर तूफान खड़ा कर दिया, 'तुमने मुझे चुप रहने को कहा तो कैसे कहा ? क्या मैं तुम्हारी क्लास हूँ जिसे जब चाहो तुम चुप कर दो।'

'तुम गलत बात कर रहे थे।'

'तुम सिर्फ लड़ना जानती हो। हिंदुस्तान की सारी औरतें आज पति की ख़ातिर निर्जल-निरन्न पड़ी हैं और तुम प्रेत की तरह मेरे पीछे लग गईं।'

आहत, लज्जित, कविता चुप और उदास हो गई। यह एक ऐसे स्तर की बहस थी जिसमें हर तर्क-कुतर्क बन जाता। ऐसा नहीं कि कविता दिल-दिमाग और दिनचर्या से बहुत आधुनिक हो चुकी थी। लेकिन उसे बातों के ये पेंच और पैंतरे, विचारों के व्यूह और धारणाओं की धुंध एक

बवाल लगती। परम्परा और प्रयोग के घालमेल से नवीन ने जीवन में जो संक्रांति काल निर्मित कर दिया था उसे कविता बेवकूफ़ी ही मान सकती थी।

नवीन के अन्दर प्रतिभा और संवेदनशीलता की कोई कमी नहीं थी। जब वह कुतर्क करता उसे खूब पता रहता कि वह गलत है लेकिन हार मानना उसे नापसंद था। हर समय अपने तूफ़ानी व्यक्तित्व का सिक्का जमाने की उसकी ललक का कोई ओर-छोर न था। कविता जिस नियम से अपनी दिनचर्या निभा लेती थी, नवीन को उस नियमितता और कुशलता पर एतराज था। उसका ख्याल था ये कुंद दिमाग लोगों के गुण होते हैं। हर हाल में कविता को अपने से एक सीढ़ी नीचे खड़ा देखना उसे पसंद था जबकि कविता कदम-से-कदम मिला कर चलने में यकीन रखती थी।

शिक्षा और संस्कृति विभाग में होने के कारण नवीन का आए दिन नए-नए प्राध्यापकों, विद्वानों और कलाकारों से संपर्क रहता। इनमें से कई उसकी प्रतिभा के कायल थे। जब किसी की कोई पुस्तक नवीन को पसंद आ जाती, वह दिल खोल कर उसकी तारीफ़ करता। कोई कलाकृति पसंद आ जाती, वह तुरंत सराहना करता। शुरू-शुरू में कलाकारों और विद्वानों को लगता यह पहली बार हुआ है कि सत्ता के गलियारे में कोई साहित्य-मर्मज्ञ और कला-रसज्ञ आया है। लेकिन उसी विद्वान या कलाकार की सराहना जब सभी मुक्त रूप से करने लगते और वह बाकायदा प्रख्यात हो जाता तो नवीन के अंदर एक विचित्र ऐंठन पैदा हो जाती, उसे ख़त्म कर देने की, गुलाब के पौधे की तरह उसकी कलम काट देने की। फिर वह अपनी पूरी योग्यता और शक्ति इसी में लगा डालता। इस काम में वह प्रतिभा के साथ-साथ अपने पद का भी दुरुपयोग करने में संकोच न करता।

सुधीर मित्र एक युवा छायाकार था जिसके छायाचित्र रचनात्मक स्तर पर इन दिनों बेहद चर्चित थे। लाइट एंड शेड के विभिन्न प्रयोगों से वह न सिर्फ पोर्टेट में वरन् निर्जीव वस्तुओं में भी जान डाल देता था।

राजधानी में आजकल उसके चर्चे थे। यह एक संयोग ही था कि इस कलाकार को प्रकाश में लाने की पहली कोशिश नवीन ने की थी। उसी ने फोन करके कला दीर्घा की व्यवस्था की थी। और इस तरह सुधीर के छायाचित्रों की एकल प्रदर्शनी आयोजित हुई। सुधीर मित्र नवीन से उद्घाटन करवाना चाहता था पर नवीन ने उस वक्त मना कर दिया। उसने कहा, वह नहीं चाहता कि लोग जान जाएँ कि सुधीर की प्रसिद्धि का स्रोत कहाँ है। नवीन ने कहा वह उद्घाटन समारोह में मौजूद रहेगा लेकिन उद्घाटन किसी मंत्री के हाथों होना जरूरी है।

सुधीर मित्र ने उसके निर्देश पर सब प्रबन्ध कर लिया। उद्घाटन के पश्चात् जब शिक्षा-मंत्री एक नजर चित्र देख रहे थे और सराहना कर रहे थे, नवीन, जो वहाँ मौजूद था, जोर से बोला, 'मंत्रीजी इस प्रदर्शनी में बस कील ठोंक कर तस्वीरें लटकाने का काम सुधीर जी ने किया है, बाकी काम तो मेरा है।'

शिक्षा मंत्री ने आश्चर्य और विनोद से नवीन की ओर देखा जो विजेताभाव से पास खड़ा था। मंत्री व्यस्त तो थे ही, इस बात से पैदा हुए ठहाके का इस्तेमाल उन्होंने समापन की तरह किया और विदा हो गए।

एक अन्य चित्रकार मयंक को नवीन हमेशा कहता, 'मयंक जी, आपके अंदर एक बहुत अच्छा कार्टूनिस्ट छुपा हुआ है।'

मयंक इस बात से बहुत आहत हो जाता। वह कार्टून कला को चित्र कला का विकृतिकरण कहा करता था।

कक्कड़, मलहोत्रा और शिव रैना राजधानी के विभिन्न कालेजों में प्राध्यापक थे। साहित्य गोष्ठियों और रचनाओं के आधार पर इन सब से नवीन का अच्छा परिचय था, कई बार नवीन इन्हें घर बुला चुका था और कुल मिला कर इनके साथ अच्छा वक्त गुजरता था। एक इतवार ये तीनों बिना किसी पूर्व सूचना के नवीन के घर पहुँच गए। जाने का कोई कार्यक्रम तय नहीं हुआ था पर नवीन की ही कोई स्मार्ट बात याद आने पर ये इतने उत्तेजित हो गए कि चल दिए।

नवीन उस वक्त खिड़की के पास लगे कैक्टस ठीक से लगा रहा था। उस ने कमरे से ही इन तीनों को देख लिया। उसने कविता से कहा, 'देखो यह कक्कड़ एंड कंपनी चली आ रही है, मैं इस वक्त कतई मिलने के मूड में नहीं हूँ, रामू भी ब्रेड लेने गया हुआ है। ऐसा करो तुम जरा दरवाजे पर जाकर कह दो मैं घर पर नहीं हूँ।'

'पर वे क्या कहेंगे, इतनी सुबह तुम कहाँ गए हो!'

'कुछ भी कह देना। कह दो कि मैं लखनऊ गया हुआ हूँ मीटिंग में। इतवार मियाँ- बीवी का दिन होता है, खलनायकों का नहीं।'

कविता को इस तरह से बहाने बनाना पसंद नहीं था पर इस वक्त वह बहस कर नवीन को डिस्टर्ब नहीं करना चाहती थी।

अपने स्वभाव के विरूद्ध उस ने जाकर कहा, ' नवीऩजी तो हैं नहीं, अभी रात लखनऊ जाना पड़ गया।'

कक्कड़ ने कहा, 'कोई बात नहीं कविता जी, आप तो हैं, घर तो है, अब तो हम सुबह की चाय पीकर ही जाएँगे।'

कक्कड़ कविता के ही कालेज में काम करता था। हालाँकि उन के विभाग अलग-अलग थे, कभी-कभी कालेज के गलियारों में वे टकरा जाते और दुआ-सलाम हो जाती। यह बेतकल्लुफ़ी इसी सहज स्वतंत्र परिचय से पैदा हुई थी।

अब कविता के पास उन्हें बैठाने के अलावा और कोई विकल्प नहीं था। उसने रामू से चाय बनाने को कहा और मन ही मन मनाती रही कि नवीन अन्दर से कोई आहट न करें जिससे इन दोस्तों को संदेह हो जाए।

मलहोत्रा रंगमंच का कलाकार था। कुछ देर बात उसके नए नाटक पर होती रही।

कक्कड़, रैना और मलहोत्रा को खुशी हुई कि कविता आज की रंगचेतना समझती थी, बल्कि नवीन से भी कहीं ज्यादा।

कक्कड़ ने कहा, 'हर सफल पुरूष के पीछे एक स्त्री का हाथ होता है, नवीन की कामयाबी का राज आप ही हैं, इसमें शक नही।'

'नहीं-कहीं,' कविता ने प्रतिवाद किया।

अंदर के कमरे में नवीन बैठा लगातार बैठक में चलने वाली बातें सुन रहा था। उसे बुरा लगा कि उसके ये तीनों दोस्त उससे ज्यादा उसकी पत्नी की प्रशंसा कर रहे हैं। उसे यह गुस्सा भी आ रहा था कि कविता उन्हें रफा-दफा कर क्यों नहीं चली आती। मन-ही-मन उसने सोचा, इस फटीचर टीचर को तो कल ही शिक्षा विभाग से नोटिस ठुकवा दूँगा। एन0एस0डी0 से कह दूँगा मलहोत्रा को आगामी नाटकों में बिल्कुल चान्स न दे। रह गया शिव रैना, इसे भी देख लूँगा।

बाहर के कमरे में दोस्तों की हँसी और कविता की खिलखिलाहट आ रही थी। नवीन तिलमिला गया।

अंततः जब कविता, दोस्तों को विदा कर वापस कमरे में आई, उसने कुछ शिकायती लहजे में कहा, 'तुम्हारे दोस्त मेरी सारी सुबह बरबाद कर गए। मैंने सोचा था आज देर तक लेटी-लेटी नॉवेल पढ़ूँगी।'

'यह मेरे सामने मुँह लटका कर बोलना जरूरी होता है न। अभी तो उस कमरे से तुम्हारी खिलखिल हँसी आ रही थी।'

'तो और क्या मैं वहाँ बैठ मातम मनाती।'

'इसका मतलब एन्जॉय तो तुम भी कर रही थी, फिर मुझ पर यह एहसान क्यों ?'

'मैं तो इस चीज के बिल्कुल खिलाफ हूँ कि तुम घर पर रह कर लोगों से कहलवाओ कि तुम नहीं हो। आइन्दा मुझे यह गंदा काम न देना।'

नवीन नहा-धो कर तैयार हुआ। खाना खा कर वह बाहर जाने को हुआ। कविता ने पूछा, कहाँ जा रहे हो ?'

'ऐसे ही।' नवीन ने कहा और चला गया। वह उसे कभी नहीं बताता था कि वह कहाँ जाने वाला है। यकायक तैयार हो कर वह चल देता।

दो घंटे बाद वह निहायत रिलैक्स्ड, सीटी बजाते हुए वापस आ गया। कपड़े बदल कर वह कविता के ही बिस्तर पर लेट गया।

'कहाँ हो आए ?' कविता ने प्यार से पूछा। 'कक्कड़ के घर' नवीन ने कहा और शरारत से कविता की तरफ देख कर मुस्करा दिया।

'नहीं...... कविता के मुँह से अबूझ चीख निकली। वह उठ कर बैठ गई, 'अभी कुछ देर पहले तो तुम ने मुझसे कक्कड़ को कहलवाया था कि तुम लखनऊ गए हुए हो।'

'ठीक है, साला ठिकाने लग गया होगा यह जानकर कि किसी सीनियर के घर यों धड़धड़ाते हुए नहीं पहुँच जाना चाहिए। न फोन, न सूचना, बस मुँह उठा कर चले आए।'

'वह मुझे कितनी झूठी समझ रहा होगा,' कविता ने रुआँसी आवाज में कहा।

'तुम्हें इतनी चिन्ता क्यों है कि वह तुम्हें क्या समझेगा। क्या वह तुम्हारे लिए इतना महत्वपूर्ण है।'

'नहीं लेकिन वह क्या सोचेगा ?'

'क्यों सोचेगा वह तुम्हारे बारे में ? ये सब तुम्हारी वजह से घर आते हैं, चींटे कहीं के।'

कविता के अन्दर बहुत-कुछ टूट गया चटाख-चटाख। उसे लगा वह एक मनोरोगी के साथ रह रही है। चेहरे पर मन की पीड़ा उभर आई थी।

नवीन को बेहद तसल्ली महसूस हुई। उसे लगा, उस की पत्नी पूरी तरह उसके कब्जे में है। इस एहसास के साथ-साथ उसे नींद आ गई।

◆◆◆

आलमारी

दर्जी कपड़ा भी इतने हिसाब से क्या काटता होगा, जितने हिसाब से हम घर में जगह इस्तेमाल करते थे। इंच-इंच पर कब्जा था। इस एक कमरे में हम अकेले नहीं थे, हमारे साथ दो बच्चे, एक नौकर, एक बिल्ली, चंद चूहे, छिपकलियाँ और कॉक्रोच भी थे। रहते-रहते सभी सहअस्तित्व की स्थिति में आ चुके थे। बच्चे सुबह उठकर स्कूल खिसक जाते और छुट्टी के बाद लौटने पर भी ज्यादा देर घर में रहना गवारा न करते। वे मकान की सीढ़ियों की रेलिंग पर फिसलते या मौका पाकर दूसरे के घरों में घुस जाते। नौकर ने अपना साम्राज्य रसोईघर तक ही फैलाया था। वह वहीं पकाता, खाता, चोरी करता और सोता। उसके सोते ही रसोईघर के कॉक्रोच जाग जाते और झुण्ड के झुण्ड नल के पास या गैस के बर्नर पर इकट्ठे हो जाते। सुबह वह जागता, कॉक्रोच फौरन अपने-अपने कोने में कूच कर जाते सोने के लिए जैसे पारी बँधी हुई थी, कोई किसी के लिए अड़चन नहीं बनता।

बिल्ली हमने पाली नहीं थी, वह रोज रात खिड़की पर बैठ कर रोया करती। एक-दो रोज़ रोटी डालने का नतीजा यह हुआ कि वह खुल्लम-खुल्ला दिन में भी आने-जाने लगी हालाँकि घर के चूहों में उसकी कोई दिलचस्पी नहीं थी। उसे तर माल भाता था। शायद आजकल बिल्ली की कड़की चल रही थी जो हमारे यहाँ डेरा डाले थी, क्योंकि हमारे यहाँ आधा लिटर दूध में समस्त परिवार दुग्धाहारी होने का भ्रम पाले हुए था।

यों तो जरूरतों के रहते हर चीज का रोना था, पर सबसे ज्यादा जगह का। कमरा सामान से कुछ इस तरह अटाअट भरा था कि शरद खुल कर न अँगड़ाई ले सकते थे, न चल-फिर सकते। बाँह किसी न किसी चीज से जा टकराती। यही हाल रात की नींद का था। एक पलंग था, जिस पर पूरा परिवार सोता। रात में लेटते समय हम सब कुछ इस तरह अपनी-अपनी पोजीशन ले लेते, मानों फोटो खिंचवानी हो। होश रहते तक न तो कोई करवट लेता, न तिरछा होता, लेकिन एक बार बदन ढीला पड़ते ही सारे कानून भंग कर दिये जाते। शरद अपनी लंबाई का विज्ञापन करते हुए पलंग में तिरछे लेटते, बच्चे अगल-बगल और मैं चरणों में। बच्चे रह-रह कर टाँग मारते, शरद सिरहाने से तकिये, पैताने से चादर गिरा डालते, फिर भी न समाते। सभी के पैर मुझ तक पहुँचते, किस्म-किस्म की गंध उठती, जो दुर्गन्ध नहीं, तो सुगंध भी न होती। बीच में एकाध बार नींद उचटने पर शरद मुझसे जरूर पूछते, 'तुम्हारे लिए जगह कम तो नहीं है ?' उनकी चिंता से गद्-गद् मैं बिल्ली की तरह अपना बदन सिकोड़ कर फुसफुसाती, 'नहीं, देख लो, कितनी जगह पड़ी है अभी।'

इस पलंग को महज बिस्तर मानना पलंग की प्रतिष्ठा गिराना था। दिन में यह पलंग दस्तरखान था, पढ़ने की मेज था, इस्त्री करने का स्टैंड था, और छोटे कपड़े सुखाने का ठिकाना। और जगह भी कहाँ थी? इसके अलावा कमरे में एक तरफ बड़ी-सी आलमारी रखी थी, जिसकी वजह से कमरा इतना ठसा-ठस भरा लगता था। यह लकड़ी की एक भीमकाय आलमारी थी, जिसमें तिजोरी, ड्रॉअर, हैंगर, टाइस्टैंड और आईना, सभी कुछ था।

इसी से मेरी दुश्मनी थी। मुझे यह आलमारी बिलकुल नहीं सुहाती थी। न मुझे इसकी ऊँचाई पसंद थी न चौड़ाई। इसका इतना बड़ा होना मुझे अपने छोटे होने के एहसास से भर देता। हम चारों के पास कुल मिला कर भी इतने कपड़े नहीं थे कि हम इसे पूरी तरह भर सकते। लिहाजा इसमें वह सामान भी रहता, जो आम तौर पर आलमारियों में

नहीं रखा जाता, जैसे बच्चों के बस्ते, दवाइयाँ, ऊन-सलाई, नाड़े, थैले, कैमरा, ट्रांजिस्टर, कांच के ग्लास, स्टील के छह चम्मच और जग। फिर भी इसका वह कोना बिलकुल खाली था, जिसमें सूट लटका कर रखने का इंतजाम था। शरद सूट पहनते ही नहीं थे। मैं अपनी चार साबुत और पाँच रफू की हुई धोतियाँ इसमें इसलिए नहीं लटकाती थी कि साड़ियों की सूरत देख-देख कर मेरा दिल डूबेगा। बक्स में पड़ी साड़ियाँ चाहे जैसी भी हों, लगती तो ज्यादा थीं!

कई बार बच्चों को मैंने छुपाछुपी के खेल में इस जगह पर छुपते देखा था। वे पूरे इसके अंदर ऐसे समा जाते कि ढूँढ़ने वाला उन्हें पकड़ ही न पाता। पर मेरा दिल दहल गया। कहीं आलमारी कस कर बंद हो गयी, तो क्या होगा ? कहीं अंदर ही अंदर दम घुट गया, तो गजब हो जायेगा। जब मैं काम पर जाती हूँ, बच्चे कुछ भी कर डालें। अखबारों में पढ़ी कई दुर्घटनाएं दिमाग में कौंध गयीं।

मैंने शरद को बताया कि यह आलमारी कितनी खूनी और खतरनाक हो सकती है।

शरद हँस दिये।

शरद मेरी हर बात पर हँस देते हैं।

'तुम मूर्ख हो ! आलमारी लोहे की नहीं, लकड़ी की है। सैकड़ों संद हैं इसमें कैसे दम घुट सकता है ?'

'कहीं जोर से बंद कर ली तो ?'

'अरे बच्चों में बारूद की ताकत होती है। तुम बाहर से बंद कर दो, तब भी आलमारी फाड़ कर बाहर निकल आयेंगे।'

'नहीं, बच्चे तो फूल से होते है। तुम इस आलमारी को यहाँ से हटा दो। मैं इससे बहुत तंग आ गयी हूँ। क्या फायदा इस लकड़बग्घे का ! इसे देख-देख यही याद आता है कि हम लोगों के पास कपड़े नहीं हैं।'

'यह तो सिर्फ हमें मालूम है। आलमारी देख कर लोग तो सोचते होंगे, इनके पास ज्यादा कपड़े हैं।'

'लोगों के सोचने से हमें क्या हासिल होगा ? इस बौड़म ने आधा कमरा घेर रखा है। यह हट जाये तो मैं अपने लिए अलग चारपाई ले आऊँ।'

'तुम्हें दिक्कत होती है, तो मैं जमीन पर सो जाया करूँगा।'

'बस यही तो दिक्कत है। तुम्हें जमीन पर सुला कर मैं क्या पलंग पर लेट सकूँगी ? इससे अच्छा है, इसे बेच डालें।'

'इससे अच्छा है हम अपना दीवाला घोषित कर दें।'

शरद बहस करते हैं।

शरद बात काटते हैं।

शरद बात टालते हैं।

बैठे-बैठे ही वह सारा मामला रफा-दफा कर डालते हैं। दरअसल शरद रद्दो-बदल से घबराते हैं। उनकी स्लीपरों की जगह भी बदल दो, तो परेशान हो जाते हैं। खयाली दुनिया में इन्कलाब करते-करते इतनी इच्छा शक्ति ही नहीं बची है कि असली दुनिया में बदलाव की कोशिश करें। अपनी किताबों में वह नित - नयी दुनिया बसाने की बात करते हैं, पर घर में वह एक कोना भी नहीं बदल सकते।

मन खिन्न हो उठा। यह क्या घर की कोई चीज न छुओ न छेड़ो। अपनी सहूलियत तक न पैदा करो। जैसी जम कर आलमारी रखी हुई थी, लगता था जैसे कमरे के साथ ही उगी थी। दीवारों की बदरंग हालत, दरवाजों के छूटते रोगन और आलमारी के उतरते रंग में शायद कोई जज्बाती रिश्ता था। मुझे लगा, जब तक यह आलमारी यहाँ रखी है, मैं कुछ भी न कर पाऊँगी।

मैं गुपचुप इसके लिए ग्राहक ढूँढ़ने में लग गयी। स्कूल में मैंने अपनी सहेलियों से पूछा। किसी को भी आलमारी की जरूरत न थी। पड़ोसी वैसे ही जगह की तंगी मारे हुए थे। इससे आगे कहाँ पूछती ? मन मार कर बैठ गयी।

गर्मी की छुट्टियाँ होने वाली थी। सबके पास घुमक्कड़ी की अपनी-अपनी योजंना थी। कोई अध्यापिका मनाली जाने वाली थी, तो कोई मैके। सभी का इरादा कम-से कम पाँच छह सौ किलोमीटर दूर जाकर छुट्टी बिताने का था। अधिकांश अध्यापिकाओं के पति अध्यापन करते थे अथवा दफ्तर में काम। उन्होंने अपनी छुट्टियाँ पत्नी की छुट्टियों के साथ एक ही डोर में बाँध रखी थी। उनके बच्चों के इम्तहान समय से खत्म हो चुके थे। बस बक्से सजा कर, ताला लगा कर, रिजर्वेशन करा कर उन्हें चल भर देना था। ये अध्यापिकाएँ इतनी निश्चिन्त और प्रफुल्ल थीं मानों छुट्टी का सारा रस बस इनके ही हिस्से आना है। कुल पाँच -छः अध्यापिकाएँ ऐसी थीं, जो छुट्टियों के नाम पर रोनी सूरत बनाये घूम रही थीं। किसी की बेटी को पी0एम0टी0 की तैयारी करनी थी, तो किसी के बेटे को आई0आई0टी0 की प्रवेश परीक्षा की। मेरे बच्चों को इनमें से कुछ भी नहीं करना था, फिर भी मैं हताश थी। शरद को घर से निकलना उतना ही नापसंद था, जितना मुझे घर में रहना। छुट्टियों में उनका कार्यक्रम बस पढ़ना और सोना रहता। उनका यकीन था कि एक अच्छी किताब विश्वघुमक्कड़ी से भी ज्यादा आनंद दे सकती है।

सो अब छुट्टियाँ थीं, घर था और हम घर पर थे। सब कुछ ज्यों-का-त्यों था। एक दिन स्कूल का चपरासी भगवती आया। उसने बताया, उसकी लड़की की शादी तय हो गयी है। सुन कर खुशी हुई। उसकी लड़की स्कूल के अहाते में, हमारी आँखों के आगे खेलते-कूदते सयानी हुई थी। 'इंतजाम कर लिया सब ?' मैने पूछा।

'गाय-बछड़ा बेच कर, घड़ी साइकिल, ट्रांजिस्टर तो खरीद लिए हैं गुरुजी, पर आलमारी नहीं आयी है। हलकी से हलकी आलमारी भी पाँच सौ की है। लड़के वालों की लिस्ट में आलमारी सबसे ऊपर लिखी है।'

एकाएक मेरा चेहरा चमक उठा। दानवीर की तरह मैंने ऐलान किया, 'बस, आलमारी की ही कसर है ना भगवती ? ले जाओ हमारी

आलमारी और हाथ पीले कर दो बिटिया के। तुम भी क्या याद करोगे कि कोई शर्मा गुरूजी थीं।'

भगवती को एक पल यकीनन नहीं हुआ। फिर बड़े यथार्थवादी ढंग से उसने कहा, 'कौन आलमारी है। दिखाइए जरा। जँच गयी तो सौ पचास देने की हिम्मत भी रखते हैं, गुरूजी।'

मेरी दानशीलता को ठेस लगी 'रहने दो, खरीदनी है, तो बाजार से ले लो, हम तो तोहफा दे रहे थे।'

'सौ-पचास में आलमारी कहाँ आती है गुरुजी? इतने में तो दूध दही रखने वाली आलमारी भी नहीं आती।' उसकी सच्चाई और असमर्थता से मेरा अहम् वापस संतुष्ट हो गया।

आलमारी दिखायी गयी।

पता चला, रंग-रोगन और मामूली मरम्मत के बाद देने के काबिल हो सकती है। भगवती ने फौरन ठेले का इंतजाम किया। मैंने भी फुर्ती से आलमारी से सामान निकाल कर बिस्तर पर डाल दिया।

जिस वक्त आलमारी सरकायी गयी, यकायक मन में भी कुछ सरक गया। यह आलमारी हमारे घर की सबसे बुजुर्ग सदस्य थी। ठेले के साथ आये मजदूरों ने बड़ी मुस्तैदी से उसे संकरी सीढ़ियों से उतार लिया। मैंने देखा, बच्चों के चेहरों पर अबूझ हक्का-बक्कापन था। दोनों अपनी सारी शैतानी भूल एक-दूसरे का हाथ पकड़े थे। मैं उतर कर नीचे नहीं गयी। मैं उसे ठेले पर चित पड़े नहीं देखना चाहती थी। जबसे मैं ब्याही आयी, यह आलमारी इसी तरह, इसी कोने में खड़ी देखती थी मैं। मैंने जल्दी से उस जगह की सफाई की जहाँ से आलमारी हटायी गयी थी। आलमारी के नीचे से बच्चों का एक पूरा संसार उघड़ आया था - लूटी हुई पतंगें, रँग-बिरँगे कंचे, चूड़ी के टुकड़े, साइकल के छर्रे, प्लास्टिक की सीटियाँ, भूली-बिसरी गेंदें, रंगीन कपड़ों की कतरनें, दो टूटी बाँसुरियाँ और तीन पहिये वाला एक इंजन....।

ऊँ-ऊँ हमारे खिलौने!' बिसूरते हुए बच्चे अपनी चीजें बटोर ही रहे थे कि शरद आ पहुँचे। वह इस बीच नयी पत्रिकाएँ खरीदने स्टेशन गये

हुए थे। लौटते हुए हेयर कट भी करा आये थे। कमरे में घुसते ही वह एक कदम पीछे हट गये। कमरे का व्यक्तित्व खंडित था। उनके चेहरे पर संदेह, सदमे और सकते का भाव आया। उन्होंने बिस्तर पर लगे सामान का अंबार देखा। वह कुछ नहीं बोले। बच्चे उनके पास सरक आये थे। वे दोनों उनसे चिपट गये। वे तीनों किसी उजड़ी बस्ती के उजड़े बाशिंदे लग रहे थे। जिस जगह आलमारी रखी रही थी, उस जगह उसके चार पायों के निशान जैसे खुद गये थे। वे मिटने वाले नहीं थे। कमरे में झाड़ू की खर्र-खर्र नागवार लग रही थी। मुझे लगा, मुझसे कोई भारी गलती हो गयी है। मुझे लगा, मेरे हाथ में झाड़ू नहीं, कुल्हाड़ी है।

◆◆◆

बिटिया

बड़ी मुश्किल से इस बार बात यहाँ तक पहुँची कि बीरेश्वर बाबू से लड़के वालों ने कहा, 'ठीक है, आप जो देने की हैसियत रखते हैं, उसकी एक लिस्ट बना कर हमें दे दें, हम मिलान कर लेंगे। जो भी फैसला होगा, हम खुद इत्तलाकर देंगे, आपको दौड़ना न होगा। रही फोटो की बात तो हम क्या बतावें। लड़कियाँ सभी एक सी होती हैं, कोई उन्नीस तो कोई बीस। फिर हमारा लड़का कोई ऐसा छिछोरा नहीं जो बस शक्ल पर फिसल जाये।'

बीरेश्वर बाबू कुछ-कुछ शान्त, कुछ-कुछ अशान्त वापस आ गए। घर में सलाह-मशविरा हुआ। पत्नी बोली, 'लिस्ट बना कर खरीदारी की जाती है, वह तो सुना था, पर ब्याह भी होते हैं, ऐसा कभी न देखा, न जाना। सुनो जी तुम न कर दो।'

वीरेश्वर बाबू बोले, 'जरा जरा सी बात पर पिनकना तुम्हें शोभा नहीं देता। चार बेटियों की माँ हो। लिस्ट बनाने में हर्ज भी क्या है, सब बात साफ रहेगी तो सहूलियत ही होगी।'

पंडित से साइत निकलवा कर लिस्ट बनाने का कार्यक्रम रखा गया। उस दिन कीडगंज से जिया को भी बुलवा लिया गया।

पहले बीरेश्वर बाबू ने अपनी अक्ल से लिस्ट बनाई :

(1) कन्या की साड़ियाँ-ग्यारह

(2) सास, ननद, जेठानी की साड़ियाँ-तीन

(3) ससुर, जेठ, वर के सूट-तीन

(4) एक सेट जेवर कन्या का

(5) वर की अँगूठी

(6) सिलाई मशीन

(7) बर्तनों की बाल्टी

(8) टेबिल पँखा

(9) घड़ी।

'बस' वीरेश्वर बाबू बोले, 'और तो कुछ नहीं छूटा।'

जिया ने सुना। बोली, 'अरे यह तुम्हारे ए0जी0 आफिस का दो दूनी चार नहीं है जो तुम से हो जाये। इधर लाओ लिस्ट। चल शारदा, तू लिख, मैं बोलती हूँ।

(1) लड़की की साड़ियाँ-सात

(2) ससुराल की बड़ी-छोटियों की साड़ियाँ-दस,

नोट- इन में पाँच रेशम की, चार नाइलॉन की रहेगी, एक सूती धोती महरी की।

(3) वर के सूट- दो

(4) बड़े छोटों के सूट- तीन

(5) कन्या का जेवर- एक सेट वजन पाँच तोला।

(6) वर की अँगूठी-चार आने भर की।

(7) वर के लिए -हाथ घड़ी, सोने के बटन, चाँदी का पनडब्बा, जूते, रूमाल, और इत्र।

(8) स्टील के बर्तनों का सेट- चौंसठ नग कुल।

(9) रेडियो

(10) पंखा

(11) सिलाई मशीन ऊषा डिलक्स, हाथ वाली

(12) टी सेट

भूल-चूक लेनी-देनी।

लिखाते समय शारदा का मुँह बिचकने लगा। जिया की जुबान तो साबुन सी फिसली जा रही है। दूनी लिस्ट बनवाई है। कहाँ से आयेगा। यह पार लग जाये तो तीन और खड़ी हैं तला ऊपर की ।

बीरेश्वर बाबू बोले, 'इतना तो न कर सकूँगा जिया।'

'तो फिर लड़का हाथ से गया समझो। यह तो कुछ भी नहीं है, नन्हों के ब्याह में तूने देखा ही था मैंने क्या क्या दिया। घर भर दिया था लड़के वालों का। मकान बदलना पड़ा उन लोगों को।

शारदा मुँह खोलते-खोलते रह गई। मन मसोस लिया। इनकी नन्हों थी भी कैसी काली मोटी, आगे के दो दाँत बाहर को निकलते थे। चौड़ी कमर, मोटा पेट, मोटी अक्ल, दहेज न देती तो कोई मिलता ! फिर व्यापारी की गृहस्थी और नौकरी वाले की गाड़ी में जमीन-आसमान का अंतर होता है। इनकी तो बेहिसाब आमदनी है। यहाँ तो वही गिने-गिनाए गंडे हर महीने हाथ आते हैं।

'जिया तुम्हारी तो एक थी, जन्म भर देती रहोगी तो थोड़ा है। यहाँ तो चार चार हैं।'

'अरे ये तो देवियाँ हैं। अपना दिल बड़ा रक्खो। बरक्कत वाले को ही भगवान बरक्कत देता है।'

दुनियादारी की बातें समझा, चाय पी, जिया चली गई। बीरेश्वर बाबू को लगा, बात उनकी ठीक है। घर में पहली शादी है। ठाठ से होगी तो अगली लड़की तो उसी दबदबे में निकल जायेगी।

लेकिन पैसे ?

बस यही एक सवाल था जो उन्हें मुश्किल लगता था। बीरेश्वर बाबू ने हमेशा चाहा था कम -से-कम दस हजार का एक फिक्स्ड डिपॉजिट तो उनके नाम हो पर दो हज़ार के आगे वे कभी नहीं बढ़ पाए। वे

रजिस्टरों में लाखों की संख्या जोड़ते-घटाते थे, पर अपनी पास बुक में वे कभी ग्यारह सौ के आगे नहीं बढ़ पाए। इस समय वे अपनी कुल जमा-पूँजी समेट कर देख रहे थे तो पाया गृहस्थी में कुल इकतीस सौ कैश, पाँच तोला सोना और पाव भर चाँदी है। अभी पिछले साल ही उन्होने प्राविडेंट फण्ड से पैसे उधार लेकर यह स्कूटर खरीदा था। दरअसल ए0जी0 दफ्तर इतना दूर था रिक्शे में डेढ़ सौ के करीब निकल जाता। इसलिए स्कूटर जरूरी हो गया था। फिर उन्हें सरकारी कोटे में से मिल गया, एक भी पैसा ऊपर से नहीं देना पड़ा। उनके सभी साथी स्कूटर पर चलते थे। अब उन्हें बार-बार खटक रहा था, प्राविडेंट फण्ड से पैसा मिल नहीं सकता। किसी दोस्त से कहेंगे, अव्वल तो वह आनाकानी करेगा, बहुत हुआ तो हजार पाँच सौ दिला देगा अपने फण्ड से।

क्या करें, उन्हें सूझ नहीं रहा था। आखिरकार भगवान का नाम लेकर उन्होंने जिया वाली सूची ही लड़के वालों को भेज दी।

हफ्ते भर में वरपक्ष के यहाँ से जवाब आ गया। जवाब के साथ उनकी भेजी सूची संलग्न थी। वर के पिता ने बड़े स्नेह से लिखा था, 'और तो सब ठीक है सक्सेना साहब, बस लड़के ने अपने हाथ से आपकी लिस्ट में तीन छिटपुट चीजें लिखा दी हैं। उन्हें भी शामिल कर सकें तो लड़के का मन रह जायेगा। ये सब तो आजकल आम चीजें हैं, स्कूल मास्टर तक दिया करते हैं, फिर आप तो बाकायदा सरकारी अफसर हैं।'

बीरेश्वर बाबू ने कागज पर नजर डाली। ये छिटपुट चीजें थीं, स्कूटर, फ्रिज और टेलिविजन।

बीरेश्वर बाबू सन्न रह गए। छिटपुट चीजों की ये माँग घर पर बज्र की तरह गिरी। घर भर में एक पीली उदासी छा गई। शारदा रुआँसी हो गई, 'कहाँ तो सोच रहे थे खींचतान कर दस हजार में कुल ब्याह निपटा देंगे, कहाँ ये तीनों चीजे ही दस हजार की पड़ेगी।'

पति पत्नी का दिमाग सारा दिन कतरब्योंत में लगा रहा।

बीरेश्वर बाबू बोले, 'तुम्हारी रकम बेच दें तो स्कूटर और टी0वी0 आ जाये।'

फिर लड़की के जेवर नए सोने के बनवाने पड़ेंगे। दो हजार रूपए तोला चल रहा है आजकल ! कैसे होगा।' शारदा का चेहरा तनाव से सुन्न हो गया। बस ले देकर उसके ब्याह का सेट है, उसी पर नजर लगी रहती है, 'मैं तो नहीं देने की, कर लें जो मर्जी' उसने मन ही मन जिद पकड़ी। लेकिन खाने के समय जब उसकी लावण्यमयी बिटिया मधुरिमा उसके सामने आ बैठी तो उसकी सारी जिद हवा हो गई। उसने मन ही मन भगवान से प्रार्थना की, मेरी जान भी चली जाए पर इसे अच्छे घर भेज दें। यहाँ क्या सुख पाया इसने। कभी हाथ भर चूड़ियाँ भी नहीं पहना पाई सावन में।

बीरेश्वर बाबू का कहना था उससे उपयुक्त घर और वर मधुरिमा के लिए हो नहीं सकता। लड़का सरकारी नौकरी में जूनियर इंजीनियर है, कल को एक्जीक्यूटिव हो जायेगा, दरवाजे पर जीप खड़ी रहेगी। अभी तो शुरूआत है, बहुत आगे जायेगा। ऊँची पेशानी है, शक्ल से ही होनहार लगता है।

मधुरिमा सब सुनती और जड़ होती जाती। उसे नहीं पता यह प्रसंग उसे आन्दोलित क्यों नहीं करता। जिस शख्स का फोटो पिता जो अभी हाल ही लेकर लौटे हैं, उसके प्रति मधुरिमा का मन एकदम भावना-रहित है।

नहीं, नहीं, इसका मतलब यह नहीं कि वह दानिश से कम खूबसूरत है, इसलिए। दानिश के बारे में सोचने से वह कतई इन्कार करती है। पिता जी ने घर के चार खर्चे काट कर उसे विश्वविद्यालय में डाला है तो क्या इसलिए कि वह उनकी आशाओं पर पानी फेर दे।

वह पढ़ने में तेज है, शुरू से रही है। बस एक ही मुश्किल है। दानिश को काम की बात कहने में देर बड़ी लगती है। एकाध बार तो बातों-बातों में उसकी बस छूटते बची है। सुमिता के साथ दौड़ लगाकर उसे बस पकडनी पड़ी है।

प्रतिभा की शादी थी पिछले माह। उसने पूरी क्लास को आमंत्रित किया।

दानिश ने कहा, 'हम जरूर आयेंगे, पहले यह तो बताइए कि आप अपने मियाँ से मेहर कितना माँगिएगा।'

मधु बीच में बोली, 'प्रतिमा का निकाह नहीं, ब्याह होगा। ब्याह में मेहर लेनी नहीं देनी पड़ती है।'

'अल्ला कसम, जब हमारा निकाह होगा और मौलवी निकाह के वक्त हम से पूछेंगे, 'दुल्हन की मेहर?' तो हम कहेंगे, एक लाख निन्यानबें हजार नौ सौ निन्यानबे बीस। यह मेहर ताउम्र अदा की जायेगी।

लड़कियों के चेहरों पर हँसी और शर्म के झाड़-फानूस जल उठे।

'सच, हँसी-ठट्टा नहीं, आजाद हिन्दुस्तान में बी0ए0 पास बेरोजगार नौजवान इसके अलावा मेहर में और दे भी क्या सकता है।' दानिश ने संजीदा चेहरा बनाया।

प्रतिमा ने कहा, 'बेरोजगार नौजवान शादी ही क्यों करता है।'

'बेशक, बेशक मोहतरिमा, बल्कि आपको कहना चाहिए बेरोजगार नौजवान जिन्दा भी क्यों रहता है।'

प्रतिमा शर्मिन्दा हो गई।

दानिश की ओर देखते हुए मधुरिमा का दिल काँपता है। वह उसकी ओर बिना देखे, उससे मुखातिब होती है। कभी सुमिता की तरफ देखती रहती है, कभी गलियारे में लगे खम्भे की तरफ, कभी आकाश की तरफ। दरअसल दानिश की नजर, इतनी इन्टैन्स है कि वह टैन्स हो जाती है। दानिश के जिस्म पर अक्सर लापरवाही से पहना हुआ

कुरता-पाजामा रहता है, कुरते की खासियत यह कि उसके सभी बटन नदारद रहते हैं और कहीं न कहीं से फटा जरूर रहता है। क्लास में वह शहनशाह की तरह बैठता है, हाथ में न कलम, न कापी, न किताब।

कल तो उसने मधुरिमा को एकबारगी चौंका दिया। कापी वापस करते हुए बोला।

'आज आप बड़ी बुझी-बुझी लग रहीं हैं, परेशान-सी।'

'नहीं तो', 'मधु ने कहा और बस स्टॉप की तरफ चलने का उपक्रम करने लगी।

'नहीं कैसे, आपको देखकर लग रहा है, आँसू बस अब गिरे, तब गिरे। मेरे अजीज शायर ने शायद आप ही के लिए लिखा है -

इश्क में गैरते जजबात ने रोने न दिया।
वरना क्या बात थी किस बात ने रोने न दिया।
आप कहते थे
कि रोने से न बदलेंगे नसीब
उम्र भर आपकी इस बात ने रोने न दिया।

रुलाई मधुरिमा के गले तक खिंच आई। यह शख्स क्यों उसकी शान्ति भंग करने का संकल्प ले बैठा है। इसके बोले हुए शेर उसका कलेजा चाक कर जाते हैं। वह इसकी आवाज सुनना नहीं चाहती, इसकी बेफिक्री नहीं देखना चाहती, इसे नोट्स नहीं देना चाहती। उसके कानों में कई दिनों से केवल एक ध्वनि होती रहती है, जैसे सीमेंट, रेता, गिट्टी, मिट्टी सब एक साथ मिलाकर मशीन में पीसे जा रहे हों। उसे लगता है सीमेंट, रेता, गिट्टी के बीच में उसकी माँ, पिता जी भी झोंक दिए गए हैं और मशीन घूम रही है। वह बौखला जाती है, दौड़ कर गुसलखाने में नल की धार सिर पर छोड़ लेती है।

यह दानिश ऐसे में जीवन और भी जान लेवा बनाए जा रहा है। शायर नहीं है पर शायरी पर मरता है। वैसे मधु को लगता है वह शायर

भी है, नहीं तो कैसे इतनी जल्दी दिल के जज्बातों का पता लगा लेता है। मधु को लगता है दानिश उसे शेर सुना-सुना कर पागल कर डालेगा-

'फलसफे इश्क में पेश आये सवालों की तरह,। हाय हम टूट गए काँच के प्यालों की तरह....,

'दोस्त बन के मिले मुझको मिटाने वाले। तुमसे अच्छे हैं मेरे हाल पे हँसने वाले।'

'गम बढ़े आते हैं कातिल की निगाहों की तरह। तुम छुपा लो मुझे ऐ दोस्त, गुनाहों की तरह.....'

इतना सब याद रह जाने पर क्या किसी का दिमाग दुरूस्त रह सकता है। मधु को लगता है उसके दिमाग के एक कोने में आग इकट्ठी होती जा रही है और दिल के एक कोने में बारूद। कहीं एक दिन वह पटाखे की तरह फट न पड़े, 'पिताजी मैं ब्याह नहीं, निकाह करूँगी।'

नहीं, नहीं, ऐसीं बेवकूफी उसे नहीं करनी है, खास तौर पर तब जब पिता जी बुआ की सलाह से पटना वालों को चिट्ठी लिख चुके हैं। बात दोनों तरफ से पक्की हो चुकी है, उसकी गोद भरी जा चुकी है। घर में मसाले कूटे-पीसे जा रहे हैं। बहनें सारा सारा दिन अनाज साफ कर रही हैं।

पिता जी आखिरकार अपना स्कूटर लड़के को दे रहे हैं। पिछले साल लिया था पर कैसा चमचमाता है। पिता जी अपने स्कूटर को जान से बढ़ कर चाहते हैं। कभी किसी और को चलाने नहीं दिया। घर आते ही साफ करते हैं और सुबह उठकर अखबार पढ़ चुकने के बाद फिर उसकी सफाई में लग जाते हैं। जो देखता है पूछता है, क्या आज ही खरीदा है. सक्सेना साहब।

जिया ने ही यह समाधान ढूँढ़ निकाला था। जिया का यथार्थवाद मुसीबत का साथी है। चिट्ठी सुन कर जिया ने कह दिया, 'तीनों चीज

कोई खास मुश्किल भी नहीं है छुटई। स्कूटर तुम अपना दे दो। फ्रिज मैं दे दूँगी, तुम भी क्या याद रखोगे। रहा टी0वी0 सो उन्हें लिख दो कि अभी तो पटना में टेलीविजन प्रोग्राम आता नहीं है, जब आने लगेगा तो दे दिया जायगा।'

दलील जोरदार थी, लड़के वाले खुशी-खुशी मान गए। दरअसल उनका जोर मुख्य रूप से स्कूटर पर था, बाकी चीजें तो यों ही लिख दी थीं।

जैसे जैसे विवाह के दिन करीब आ रहे थे, वीरेश्वर बाबू का दिल डूबता जा रहा था। स्कूटर के लिए वचनबद्ध हो जाना उन्हें बिटिया के लिए वचनबद्ध हो जाने जैसी ही जिम्मेदारी लग रही थी। जीवन भर की आपाधापी में अगर कोई चीज उन्हें सुकून देती थी तो बस स्कूटर। उस पर सवार हो उन्हें ऐसा लगता था जैसे वे हवा से बातें कर रहे हों। स्कूटर पर चलते हुए उन्हें अपने सारे दुख भूल जाते- यह कि उनके चार बेटियाँ हैं, बेटा कोई नहीं, कि उनका वेतन पिछले दो साल से स्थिर है और जब तक वे विभागीय परीक्षा पास नहीं कर लेते, स्थिर ही रहेगा, कि सरसों का तेल इस बार पन्द्रह रूपये किलो आया है, कि शारदा की दवा आज फिर आनी है। स्कूटर उनके समस्त सुख का स्रोत था। उन्हें आजकल लग रहा था जैसे बीस जनवरी को वे एक नहीं, दो बेटियां विदा करेंगे।

इस साल ठंड कड़ाके की पड़ रही थी। मधुरिमा ने देखा दानिश उसी तरह पतले कुर्ते पजामें में युनिवर्सिटी आ जाता है। सभी लड़के-लड़कियाँ एक से एक फैशन के गर्म कपड़ों में ढँके रहते लेकिन दानिश बदस्तूर टूटे बटन वाले कुर्ते में यूनिवर्सिटी के लॉन पर शहनशाह की तरह धूप सेंकता रहता। कई बार हवा के साथ उसकी दिलफरेब आवाज आते-जाते कानों में टकरा जाती। दोस्तों को इकट्ठा कर शेर सुनाना उसका सबसे प्रिय शौक था। पिछले साल फेयरवेल पार्टी में

उसने जो नज्म सुनाई थी, उन पर सारी क्लास झूम उठी थी। अभी भी अक्सर लड़के-लड़कियाँ झुंड बना कर उसे घेर लेते और वह नज्म सुनते।

अब के बिछड़े शायद कभी ख्वाबों में मिलें।

जिस तरह सूखे हुए फूल किताबों में मिले।'

मधु को न जाने क्यों ऐसा लगता है कि दानिश जो भी शेर सुनाता है उसी को मुखातिब है। जब कि सुनते हैं वह बड़ी-बड़ी महफिलों में भी इसी अंदाज से सुनाता है कि हर सुनने वाले को यही लगता कि वह उससे मुखातिब है।

इस बार दानिश ने नोट्स लौटाए तो मधुरिमा ही पहले बोली, 'आप इतनी ठंड में ऐसे चले आते हैं। बीमार पड़ गए तब ?'

'पड़िए गर बीमार तो कोई न हो तीमारदार।'

'औ, अगर मर जाइए तो नोहाखाह कोई न हो।'

दानिश ने कहा और ठहाका लगा दिया। मधुरिमा को लगा दानिश कितना खुशनसीब है, हर बात पर ठहाका, हर बात पर हँसी। एक वह है, किस क़दर उदास, पोर पोर में दर्द का किस कदर अहसास। जब-जब पानी का घूँट भरती है, आँसुओं का स्वाद भी साथ आता है। क्लास में टीचर क्या बोल रहे हैं, वह आजकल नहीं जानती, बस उसके हाथ यांत्रिक गति से उनके मुँह से निकले शब्द उतारते जाते हैं।

लो वह बस भी आ गई। ये दो-चार खुशगवार लमहे भी तमाम !

घर में शादी थी लेकिन मधुरिमा के परिवार की मुखाकृति रुआँसी हुई जा रही थी। घर में भयंकर मुद्रा-संकट था। शारदा और बीरेश्वर बाबू को रात-रात नींद नहीं आती। उनके दिमाग में हर वक्त एक फेहरिस्त घूमती, एक क्षण को भी उसके अक्षर आँखों के आगे से मिटते नहीं। उन्हें लगता अगले महीने की बीस तारीख को कोई लुटेरा बैण्ड बजाता, पटाखे छोड़ता, मशाले थाम, अपने दल-बल समेत उन्हें लूटने

आयेगा। एफ0आई0आर0 लिखानी तो दूर, वे उसकी खूब खातिरदारी करेंगे। उस लुटेरे के लिए शामियाना गड़वाएँगे, कनात लगाएँगें, हलवाई बुलवाएँगे, शहनाई बजवाएँगे, फिर अपने हाथ-पैर जोड़ कर उससे कहेंगे, तुम मेरी बीवी के गहने ले लो, मेरा इंश्योरेंस ले लो, मेरे बैंक की पासबुक ले लो, मेरा प्रॉविडेंट फण्ड ले लो, मेरी हंसी ले लो, मेरी खुशी ले लो, मेरा स्कूटर ले लो, मेरी बेटी भी ले लो, बस तुम प्रसन्न हो कर जाओ, मेरी इज्जत का झुनझुना न बजवाओ।'

अपने ये ख्याल वे किसी से कह भी न सकते थे। उन्हें लगता वे एक प्रपंच में फँसाए गए हैं और जीते जी, वे इसमें से निकल नहीं सकेंगे। घर आजकल माँ, जिया, बड़ी भाभी, ताई, चाची जैसे यर्थाथवादियों के हाथ में था। शारदा चाभी लगे खिलौने सी सबके हुक्म पर घूमती फिर रही थी।

जब-जब बीरेश्वर बाबू की नजर मधुरिमा पर पड़ती, उन्हें बड़ा तरस आता। कितनी प्रतिभाशाली है, एक भी बार दूसरे नम्बर पर नहीं आई। कभी पूरी किताबें भी नहीं खरीद पाई, फिर भी मेहनत के बूते पर सबको पछाड़ दिया। अब जाने आगे पढ़ भी पाएगी या नहीं। शादी भी इम्तहान से पहले पड़ रही है, इम्तहान देना होगा या नहीं, यह सब पटनावालों के हाथ में है। बीस जनवरी के बाद मधुरिमा के बारे में तय करने वाले वे कोई नहीं होंगे, यह सोचकर उन्हें असन्तोष होता है। कई बार उनका मन होता है वे समस्त परिवार के समाने डंके की चोट कह दे नहीं करेगी मेरी बेटी अभी शादी। उसे आगे पढ़ना है। इतनी जहीन है, वह पढ़-लिखकर प्रोफेसर बनेगी। जब शादी करनी होगी अपनी मर्जी से करेगी।

लेकिन प्रकट वे कुछ न बोलते। दफ्तर के बाद हकबकाए घूमते रहते कभी सराफा तो कभी ठठेरी बाजार, कभी बजाजा तो कभी गल्ला मंडी।

घर की बड़ी-बूढ़ियों ने कह दिया बड़े दिन की छुट्टियों के बाद मधुरिमा पढ़ने नहीं जायेगी। बहुत हो गया पढ़ना-लिखना। अब पढ़ने से फायदा। जिनकी चीज उनके पास। वे जाने उनका काम जाने।

जवाब देना मधु जानती है पर जवाब देने से फायदा। अब जब सिर कढ़ाई में डाल दिया है तो तले जाने से क्या डर। उसका मन पाखी बस उड़ा जाता है। जाने कहाँ पँख फड़फड़ा कर वापस लौट आता है।

कुल दो दिन युनिवर्सिटी और जाना है।

मधु का मन क्लास में जाने का नहीं हो रहा। वह लायब्रेरी के सामने बने चबूतरे पर बैठ किताब पढ़ने लगी। जाने कहाँ से दानिश देवदूत-सा आकर खड़ा हो गया, 'आप और क्लास से बाहर ? तबियत तो ठीक है। 'मैं तो इस ख्याल से क्लास में नहीं जाता कि आपसे नोट्स माँग लूँगा। आप किसके भरोसे क्लास छोड़ बैठी ?'

'अब सब छूटना ही है।'

दानिश ने एक गहरी नजर उस पर डाली, 'क्या पढ़ना छोड़ रही हैं।'

'मैं जीना छोड़ रही हूँ, आप पढ़ने की बात कर रहे हैं। बीस तारीख को सूरज डूबने वाला है।'

दानिश समझते समझते, समझ गया। वह सन्न, टकटकी लगाए मधु को देखता रहा, 'यह तुम कह रही हो मधु। तुमने प्रीवियस में टॉप किया। तुम शुरू से ही टॉप पर रही हो। डोन्ट टेल मी तुम भी आम लड़कियों की तरह आँसू पोंछती नाक सुड़कती, ससुराल चली जाओगी।

'मैं निहायत आम लड़की हूँ।'

'इतनी भी आम नहीं हो। यों ही कुर्बानी देने पर आमादा हो तो दूसरी बात है।'

'या अल्लाह मेरा क्या होगा, इतनी बड़ी दुनिया में मैं कहाँ जाऊँगा!'

वे उठकर साइन्स ब्लॉक के पिछवाड़े आ गए। दानिश चुप था, एकदम ! यहाँ तक कि उनकी साँसों की आवाज भी नहीं पता चल रही थी। हवा इस वक्त तीखी थी।

मधुरिमा से चुप्पी बर्दाश्त नहीं हो रही थी। उसका अपना मन कब्रिस्तान-सा मनहूस और मायूस था लेकिन यह उसकी निजी पीड़ा थी। दानिश को गुमसुम खड़े देखना उसे नामुमकिन लग रहा था।

'आप शायद सोच रहे हैं कि अब नोट्स किससे लिया करेंगे', मधुरिमा ने सोचा वह पूछे लेकिन उसे लगा यह एक फिजूल-सा सवाल है। अलबत्ता वह बोली, 'मैं अपनी सब कापियाँ आपको दे जाऊँगी, कम से कम सम्हली तो रहेंगी। लौट आई तो वापस दे दीजिएगा।'

'चलिए कापियों के लायक तो हमें समझा आपने, नहीं तो ......'

दानिश ने पास पड़ी एक सूखी टहनी घुटने पर रख कर तोड़ डाली।

'नहीं तो क्या ?'

दानिश ने उसे देखा और देखता रहा।

'कुछ नहीं।'

'कुछ तो है, बात पूरी नहीं बताइएगा।'

'बात निकलेगी तो फिर दूर तलक जायेगी।
लोग बेवजह उदासी का सबब पूछेंगे,
यह भी पूछेंगे कि तुम इतने परेशां क्यों हो।
उंगलियाँ उठेंगी सूखे हुए बालों की तरफ
इक नजर देखेंगे गुजरे हुए सालों की तरफ।
बात निकलेगी तो फिर दूर तलक जायेगी ...'
नहीं, नहीं, नहीं।

मधु को लगा वह और आगे नहीं सुन सकेगी। कलेजा किश्ती-सा डूब-उतरा रहा है, डुब डुब डुब। दानिश के कुर्ते से आगे कुछ नजर नहीं

आ रहा है। डबडबाती आँखों को यह कुर्ता पतवार नजर आ रहा है। मधु को लगा, डूबने से पहले कहीं वह यह पतवार न थाम ले।

मधु के मन में लगातार रस्साकशी चल रही है, एक ओर उसे खींचता पूरा परिवार है, दूसरी ओर गोरा चिट्टा, लम्बा-चौड़ा, या कुर्बान आँखों वाला एक फटेहाल लड़का पर शायद दानिश अपनी मजबूत बाँहों के बावजूद हार जायेगा। दूसरी ओर उसे खींचते हालांकि बड़े कृश और बीमार हाथ हैं, वे जीत जायेंगे। वे उसके माँ बाप, दादी, ताई के हाथ हैं।

आज तक एक भी बार दानिश ने खुल कर तो कुछ भी नहीं कहा उससे। चन्द शेर, चन्द गजलों के सहारे वह कैसे जिन्दगी की नाव इस किनारे ला खड़ी करे। वह क्या समझे? इतना बड़ा फैसला क्या उसके अकेले के बस की बात है। उसकी तीन बहनें घर में सहमी बैठी हैं। पिता के लिए वह कभी कुछ नहीं कर पाई, बस यह एक अन्तिम बार है। किस बिना पर वह क्या कर डाले।

मधु को बस में बैठा कर दानिश ने कहा, 'खुदा हाफ़िज।'

उसने रोज की तरह बस के चलने का इन्तजार नहीं किया, झुके सिर, झुके कंधों से वह वापस चल पड़ा।

मधु जब घर पहुँची उसका सिर भन्ना रहा था और आँखें जल रहीं थी। वह बिस्तर पर पड़ गई। शाम तक बुखार चढ़ गया। माँ ने बाजार से सिर दर्द की गोली मँगा कर चाय के साथ खिला दी। लेकिन अगले रोज बुखार और तेज हो गया।

आखिर दादी बोली, 'छुटई, न हो तो मधु को डाक्टर के दिखा ला। दिन कै बचे हैं लगन के। लल्ली राजी रहे।'

जिस दिन से शादी की तारीख तय हुई थी, बीरेश्वर बाबू ने स्कूटर पर दफ्तर जाना बंद कर दिया था। वे नहीं चाहते थे कि स्कूटर जरा भी मैला दिखे या पुराना पड़े। खास जरूरत पड़ने पर ही आजकल स्कूटर निकाला जाता।

पहले सोचा गया कि रिक्शे में डाक्टर के यहाँ जाया जाये पर रात के वक्त, अल्लापुर की अन्धेरी बस्ती में रिक्शा मिलना आसान न था। सबसे छोटी बेटी गोपा, धुर चौराहे तक जाकर लौट आई, रिक्शा कहीं भी न दिखा। अन्त में शारदा बोली, 'सुनो स्कूटर पर ही ले जाओ, लड़की बुरी तरह तप रही है।'

बीरेश्वर बाबू अपने मोहल्ले की कच्ची सड़क पार कर अन्दर की बस्ती की अधपक्की सड़क पर आए। कन्धे पर मधु का हाथ अँगारे-सा रखा था। उसकी हालत अच्छी नहीं लग रही थी। वैसे हालत सड़क की भी अच्छी नहीं थी, जगह बेजगह टूटी पड़ी थी। पिछले दिनों हुई बेमौसम बरसात का पानी मच्छरों का रैन बसेरा बन गया था, उनकी भन भन का वाद्ययंत्र कानों के पास लगातार बज रहा था। बीरेश्वर बाबू को अफसोस हुआ कि सड़क की ऐसी दुर्दशा में उन्होंने घर से स्कूटर क्यों निकाला ! पराई चीज है। फिर उन्होंने अपने को समझाया 'मधु के लिए ही निकाला है, वह भी मजबूरी में?' फिर वे जाकर धो पोंछ कर ऐसा चमका देंगे कि नया ही लगेगा। जल्दी के ख्याल से बीरेश्वर बाबू मुख्य सड़क की बजाय उस छोटी सड़क से आगे बढ़े जो गन्दे नाले की बगल से निकल कर, डाट के पुल से होती हुई टैगोर टाउन पहुँच जाती थी।

न जाने इस सड़क की रचना कैसी थी, एक तरफ बड़ा-सा कायस्थ कालेज था और दूसरी और यह अंधा मोड़। यों तो शहर में कई चक्करदार मोड़ थे पर यह मोड़ सबसे अजीब था। स्कूटर की रोशनी के सिवा कहीं प्रकाश का अस्तित्व नहीं था। नगरपालिका ने हस्बे मामूल सभी मोड़ों से मुँह मोड़ा हुआ था। बल्ब लगाने की जिम्मेदारी नगर पालिका ने बिजली घर के ऊपर डाली हुई थी और बिजली घर ने नगरपालिका के ऊपर। लिहाजा दोनों मस्ती मार रहे थे। शायद इसीलिए शहर के प्रबुद्ध लोग, नगरपालिका का नगरपालिता कहा करते थे।

सामने से अचानक बत्ती की चकाचौंध आँखों पर पड़ी। बीरेश्वर बाबू को कुछ पल तो कुछ सुझाई नहीं दिया, फिर भी अपनी ताकत भर

उन्होंने स्कूटर साइड में किया। इससे ज्यादा दबना नामुमकिन था। आगे गंदा नाला था। आँधी की तरह वह वहशी रोशनी बढ़ती हुई आई और स्कूटर को बीस फुट आगे खिलौने-सा उछाल दिया।

बीरेश्वर बाबू को पता नहीं चला, कुछ भी पता नहीं चला। अंधेरा घुप्प, सुनसान मोड़। उससे भी ज्यादा अंधेरा उनकी आँखों के आगे। चश्मा छिटक कर न जाने कहाँ जा पड़ा था।

कई घंटो बाद जब उन्हें होश आया वे सरकारी अस्पताल के एमरजेन्सी वार्ड में पड़े थे। आँखें खुलने पर, दिमाग एक दम नहीं खुला, कंठ भी काठ बना रहा। बड़ी मुश्किल से, बहुत धीमे-धीमें, परम कष्ट के साथ चींटियों की कतार की तरह कुछ कटी-फटी तस्वीरें आँखों को दिखीं।

-शारदा की मटमैली धोती; माँ के चश्मे का एक शीशा, बड़े भैया की पैंट का पहुँचा.... एकाएक चेतना फिर गोता लगा गई, डूब, और डूबी। ऊपर आई और बीरेश्वर बाबू को दर्द के बीच याद आ गया, 'मधु-मधु बिटिया ?'

आँखें शायद मुंदी ही रहती यदि नर्स की कर्कश आवाज कानों ने ग्रहण न की होती,

'पेशेन्ट के पास तमाशा करने को किसने बोला आप लोग को, जिसको रोना है बाहर जाकर रोए।'

याददाश्त झटके के साथ दुरुस्त हो गई- मधु स्कूटर पर बैठी थी, वे डाक्टर के यहाँ जा रहे थे, रोशनी आग की लपट-सी आगे बढ़ी थी, किसी ने झपट्टा मार कर उन्हें गिराया था, वे गिरे थे, मधुरिमा भी गिरी थी। मधु तो यहाँ नहीं है, मधु कहाँ गई?

शारदा ने बताया ट्रक मधु के पेट पर से गुजर गया था। उसकी अन्तड़ियाँ चकनाचूर हो गई। वह सड़क पर मृत पाई गई। फिर भी वे लोग उसे उनके साथ अस्पताल लाए थे। उन्होंने आज चौबीस घण्टे बाद आँखें खोली हैं।

हफ्ते भर अस्पताल रह कर बीरेश्वर बाबू ठीक हो गए। डाक्टरों ने उन्हें आज छुट्टी दे दी।

जब दोनों तरफ सहारे के साथ वे रिक्शे से उतर कर घर में घुसे, आस-पड़ोस के लाग भी उन्हें सम्भालने आ गए। रश्मि, छवि और गोपा ने बाहर के कमरे में उनका बिस्तर लगा दिया था। वे लेट गए।

घर की हवा में हौले-हौले सिसकियाँ तैर रही थी। यकायक शारदा बेसाख्ता चीत्कार कर रो उठी, 'मेरी लल्ली को कहाँ छोड़ आये जी। अभी तो उसका कन्यादान होना था।'

माँ ने उसके मुँह पर हाथ रख दिया, 'चुप जो रह गए उनका शगुन मना। आज तो बड़ा शुभ दिन है। छुटई ठीक हो कर आया है।'

बीरेश्वर बाबू को याद है मधु घर में नहीं है। घर में क्या, वह कहीं भी नहीं है। यह पहली बार है कि उनकी प्यारी बेटी नहीं है। लेकिन यह उनके दिल और दिमाग में कैसी लड़ाई मच उठी है। वे छाती कूट-कूट कर विलाप करना चाहते हैं पर दिमाग है कि दिल की तड़फड़ ठण्डी किए जा रहा है। यह कैसी तसल्ली महसूस कर रहे हैं वे। वे खुद नहीं जानते उन्हें रोना चाहिए या सोना।

धीरे-धीरे पड़ोसी और परिचित, कमरे से उठ गए। बीरेश्वर बाबू की आँख लग गई थी।

◆◆◆

दर्पण

यों तो उसे अन्दाज था कि बालों के बीच माँग किस जगह निकलती है। फिर भी आदतन उसने दर्पण में देख लिया। बिना किसी प्रयत्न के बाल अपने आप उसी जगह विभाजित हो जाते थे, जहाँ वह प्रतिदिन माँग निकालती। उसे हल्की से हँसी आ गई। वह हर बार सही जगह माँग निकालती है, फिर भी हर बार शीशा देखती है, शीशा देखते हुए मुस्कराती भी जरूरत है। शायद सभी ऐसा करते होंगे, उसने सोचा।

पर नहीं, दादा तो नहीं मुस्कराते।

यह जो शीशा बानी के पास है, उसी का दूसरा टुकड़ा दादा के पास है। वे उससे दाढ़ी बनाते हैं, मूँछ संवारते हैं और तेजी से उड़ते सिर के बालों का सूक्ष्म निरीक्षण करते हैं। बालों की ओर नजर जाते ही उनकी त्योरी चढ़ जाती है, फिर वे शीशा पटक देते हैं।

पटका-पटकी में शीशा एक दिन टूट गया। इसी के साथ माँ चिल्लाई, 'देखा, तोड़ दिया न शीशा ! मैं कहती हूँ, काँच का टूटना कभी अच्छा नहीं होता। अब काटो पैसे और लाओ दूसरा।'

इस फिजूल-सी चीज के लिए किसी के भी पास पैसे न थे ! दादा तो खैर उन दिनों नौकरी की तलाश में थे, शीशे का क्या करते ! पर बानी अपनी लगी लगाई नौकरी के बावजूद शीशा नहीं लाई। सोचा, 'हमें कौन सिंगार पट्टार करने हैं जो दर्पण खरीदें ! बिन्दी तक तो माँ

लगाने नहीं देती ! ऐसी तानाशाही में शीशे की शहनशाही की क्या तुक!'

दादा और बानी ने टूटे दर्पण का एक-एक टुकड़ा सम्भाल लिया। काफी सहूलियत हो गई। नहीं तो पहले घर भर में दर्पण ढूँढना पड़ता था। दादा कहीं भी बैठ कर दाढ़ी बनाते और वहीं शीशा पड़ा छोड़ देते। यहाँ तक कि उनका शेव का ब्रश भी गन्दा, सना, पानी में पड़ा रहता। जब माँ को फुर्सत मिलती, वे उठा कर रखतीं। जरा सा टोकने से दादा एकदम भड़क जाते, 'बस सुबह-सुबह बर्र की तरह पीछे पड़ जाती हो ! ठीक है रख देंगे, जरा अखबार तो पढ़ लें।

दादा जब अखबार पढ़ते, माँ इस तरह खुश हो जातीं, जैसे नौकरी अखबार के कॉलम से निकल दादा की हथेली पर चली आई है। वे तत्काल चाय बना लातीं।

घर की गाड़ी दुक्खम-सुक्खम चल रही थी। कमाई के नाम पर बानी के चार सौ चौबीस रुपये थे, बस ! चौबीस रूपये अपने लिए रख, बानी चार सौ, माँ को पकड़ा देती। उसका अपना कोई खर्च नहीं था। पैदल स्कूल गई, पैदल आई। अति परिचित हो जाने के कारण रास्ता लम्बा नहीं रहा था। फिर पैदल चलने का समय बानी के लिए कल्पना का समय था। जिन्दगी के हजार रंगी ताने-बाने बुनती वह कब स्कूल पहुँच जाती, पता ही न चलता। उसकी सहेलियाँ कहतीं, 'क्या गजब की चाल पाई है तुमने, तभी न पैदल आती हो।'

बानी को स्वयं महसूस होता था कि उसकी देह में सरगम का सा उतार-चढ़ाव है। चलते-चलते किसी दुकान के दर्पण में उसकी निगाह अपने पर पड़ने पर वह सकुचा जाती। उसके शरीर का एक-एक अवयव अलग-अलग अस्तित्व जताता था। ताँत की मोटी धोतियाँ भी इस द्वन्द्व को छिपा न पाती।

एक-दो बार वह सहेलियों के साथ पिक्चर गई थी। पिक्चर की समाप्ति पर हाल की सीढ़ियाँ उतरते समय, सामने लगे आदमकद आइने पर उसकी आँख उठी और वह आनन्द से सिहर उठी। उसका व्यक्तित्व वास्तव में आकर्षक था। उसके पास रूप से अधिक लावण्य और लावण्य से अधिक लय थी। उसने कई बार सोचा कि शादी के बाद वह सबसे पहले जो चीज खरीदेगी, वह होगा दर्पण।

माँ ने संयम और अनुशासन के उपदेश दे-देकर उसका जीना जंजाल बना रखा था। घर में मस्ती, सुस्ती के लिए कोई स्थान न था। सारे नियम बानी के ही लिए थे-सुबह देर तक मत सोओ, रात देर तक मत जागो, शाम से पहले घर पहुँचो, अनजान आदमी से बात न करो। दादा इन नियमों से मुक्त थे। बानी माँ का डर और सतर्कता समझती थी, इसलिए आश्वस्त न होते हुए भी इन नियमों के भीतर रहती।

बाहर तो वह तभी आई, जब माँ ने उसके लिए योग्य वर ढूँढ़ कर उसके हाथ पीले कर दिए। यह सब कार्य कुछ इस तरह यथा समय, कुशलतापूर्वक कर डाला गया कि बानी यह भी न बता सकी कि उसने जीवन और जीवन-साथी के बारे में इस तरह से नहीं सोचा था। न जाने क्यों वह मनहीमन सत्यजित रे जैसे साथी की कल्पना करती रही थी। उनकी फिल्मों में सबसे प्रमुख स्वर था लय का। जिन्दगी के सुरताल की मद्धम अभिव्यक्ति में वे इतने निष्णात थे कि बानी को वे स्वयं एक कलाकृति लगते थे। वह उसी गति-लय के साथ जीना चाहती थी, जैसे सत्यजीत रे की फिल्मों की नायिका।

बानी के परिवार में इस तरह के पागल विचारों का कोई महत्व नहीं था। उन्हें इस सबकी कोई जानकारी भी नहीं थी। घर में माँ की चलती थी। माँ अपने अशक्त व्यक्तित्व के साथ कुछ इस तरह सशक्त थीं कि परिवार में होता वही जो वे चाहतीं। फिर अब तो दादा की नौकरी भी लग गई थी। कमाऊ भाई की हैसियत से वह अपनी बहन के प्रति

सबसे बड़ी जिम्मेदारी यही निभा सकता था कि उसका यथायोग्य विवाह कर दे !

बानी के लिए जो वर ढूँढ़ा गया, वह स्वस्थ, सुन्दर और कमाऊ था। उसे अपने तीनों गुणों पर नाज था, इतना कि बानी के गुणों को उसने बड़े ठंडे और ठोस ढंग से कबूल कर लिया। उसे स्त्रियों में बड़बोलापन, निर्भीकता और सक्रियता से बेहद चिढ़ थी। सबसे पहले उसने बानी की नौकरी छुड़वा दी। एक बँधेबँधाए, रूटीन से हटना कुछ समय के लिए बानी को अच्छा लगा। उस समय उसे यह नहीं पता था कि वह एक नए रूटीन में इतनी जल्द फँस जाएगी।

शादी के शुरू साल में बानी ने अनुरोध किया कि वे एक अच्छी-सी ड्रेसिंग टेबिल खरीद लें, लेकिन उसका उपयोगितावादी पति एकदम चिढ़ गया, 'क्या होगा ड्रेसिंग टेबिल का ? बाथरूम में शीशा लगा तो है ! उसमें क्या शक्ल दिखाई नहीं देती !'

'पर ड्रेसिंग टेबिल की बात और है। उस पर तरह-तरह के प्रसाधन रखे जा सकते हैं। उसके सामने खड़े होकर साड़ी बाँधी जा सकती है, टाई की नॉट लगाई जा सकती है।'

'छि' मुझे इस तरह के तमाशे से चिढ़ है। ये सब निजी काम हैं और उन्हें कमरे में अपनी तरह से निपटाना चाहिए।'

' ड्रेसिंग टेबिल हम सड़क पर नहीं लगाएँगे !'

'मुझे बहस और फिजूलखर्ची दोनों से नफरत है। फिर जगह भी कहाँ है।'

बानी चुप हो गई और आहत।

शादी के बाद से ही पति अपने प्रभुत्व का कुछ इस तरह इस्तेमाल कर रहा था कि हर बात में उसकी अनुमति अनिवार्य थी।

शाम को जब पति दफ्तर से लौट कर आता, बानी कपड़े बदल, हाथ मुँह धो एकदम तरो-ताजा रहती। उसकी बेहद इच्छा होती पति

एक बार उसकी ओर सराहना से देखे। लेकिन पति के लिए उसका समस्त रूप-लावण्य मात्र रात्रिकालीन सम्पदा थी, जिसके प्रति दिन में वह निरन्तर निरपेक्ष बना रहता।

पाँच साल में पति ने उसे तीन बार प्रसूति-कक्ष तक जाने का अवसर प्रदान किया। तीनों बार बानी को लगा वह मृत्यु और पुनर्जन्म की प्रक्रिया से गुजरी है। देखते-देखते वह तीन गोल-मटोल बेटों की माँ बन गई।

एक-दो बार उसने परिवार-नियोजन का सुझाव दिया।

पति की त्योरियाँ चढ़ गईं। पत्नी में इस तरह की मुखरता उसे अच्छी नहीं लगी, 'तुम्हें यह सब कैसे पता ?'

'वाह, आजकल तो छोटे-छोटे बच्चों तक को ये शब्द पता है। सारे दिन रेडियो पर प्रचार आता है। अखबारों में, मैगजीन में, सब में इसके बारे में दिया रहता है।'

'तुमने मैगजीन पढ़-पढ़ कर अपना दिमाग खराब कर लिया है। मैं फैक्टरी चला जाता हूँ, उसके बाद तुम इसी तरह की ऊलजलूल चीजें पढ़ा करती हो !'

घर में पत्रिकाएँ आनी कम हो गई। कुछ निरापद किस्म की स्त्रियोपयोगी पत्रिकाएँ ही रह गईं, जिनमें सिलाई, बुनाई, शिशुपालन और चटनी, अचार, शर्बत की बहुरंगी विधियाँ दी रहती थीं। बानी उन्हें बिना पढ़े एक कोने में पटक देती।

यों तो पूरे शहर में जगह की तंगी थी, पर उनके मकान में और भी ज्यादा, क्योंकि बिना किसी योजना के बच्चे आते गए थे। जैसे-जैसे बच्चे बड़े हो रहे थे, कमरे छोटे हो रहे थे। दोनों कमरे सामान से ठसाठस भरे थे। हालत यह थी कि अगर एक बनियान भी ढूँढ़नी हो तो आलमारी का कुल सामान निकालना पड़ता, तभी बनियान बरामद होती। बानी का पति इससे अच्छा मकान किराए पर ले सकता था,

लेकिन उसे ऐसी रद्दोबदल पसंद नहीं थी। अब जब कलकत्ता में मकानों के किराए आसमान छू रहे थे, मकान बदलना बेवकूफी होती। यह मकान बड़े मौके की जगह बना था। यहाँ से बच्चों का स्कूल पास था। अस्पताल, बैंक, डाकघर, कोतवाली पास थे। बस-स्टॉप, टैक्सी-स्टैण्ड पास थे। फिर पुराना और खस्ताहाल होने के कारण सस्ता भी था।

लेकिन इस मकान में सम्बन्धों के कोमल और गोपन भावों की अभिव्यक्ति का स्थान नहीं था। बानी और उसके पति का कोई अलग अकेला कमरा नहीं था। बच्चे इतने छोटे थे कि उन्हें अलग सुलाना भी एक सजा थी। कमरे पास-पास थे। बच्चे बारी-बारी से रोते, बिस्तर गीला करते या यों ही मिनमिनाते। सारी रात बच्चे माँ की और माँ बच्चों की टोह लेती रहती।

लेकिन इस तरह बानी बेतरह अकेली छूट जाती। सुबह आठ बजे पति फैक्टरी चला जाता और शाम छह बजे तक बानी का समय सिर्फ बच्चों के साथ बीतता। इस बीच वह बच्चों से इस कदर अघा जाती कि उसका मन होता अपने बच्चे किसी को उधार दे दे।

हफ्ता-दर-हफ्ता वक्त इसी तरह गुजर रहा था। वे बहुत कम घूमने जाते। बानी के पति में बोर न होने की अद्भुत क्षमता थी। केवल उसकी सहन शक्ति परखने के लिए बानी कई बार रोज एक ही सब्जी बनाती रहती, कभी बैंगन का भरता, कभी माछेर झोल। पति कुछ न कहता। चुपचाप खाना खा लेता। उसे यों ठंडा देख कर बानी अन्दर तक उबल जाती।

दरअसल इतने वर्ष बानी के पति ने अपना जीवन नौकरी जमाने, पदोन्नति कमाने और पैसा बचाने में झोंक दिया था। वह बेहद कायदे से चलने वाला आदमी था। फिजूल की भावुकताओं में उसका कोई यकीन नहीं था। पत्नी के प्रति अतिरिक्त उत्साह दिखाना उसे बचकानापन लगता था। वह प्रेम का अर्थ दायित्व और दायित्व का अर्थ गम्भीरता

मानता था। अब जब नौकरी, बच्चे बीवी सब अपनी-अपनी जगह दुरुस्त थे, उसने अपनी सारी बचत एक अच्छे हवादार मकान पर लगा दी। 'आवास-विकास योजना' के अन्तर्गत यह एक चार कमरों का मकान था जो मध्यवर्ग के लिए बनाई गई एक बस्ती में स्थित था। मक़ान, बस्ती में बने सैकड़ों मकानों जैसा ही था। सिर्फ नम्बर से स्वामित्व स्थापित होता था। पर उसमें वह सब था, जिसकी एक परिवार को चाह रहती है, सुन्दर कमरे, बरामदा, आगे थोड़ी-सी खुली जगह, पिछवाड़े क्यारी के लिए थोड़ी कच्ची जगह, एक की जगह दो बाथरूम और बड़ी-सी रसोई। पहली ही नजर में यह मकान उसे भा गया। फिर भी उसने काफी सोच-विचार कर निर्णय लिया।

जिस दिन बानी को उसने मकान की चाभी थमाई, उसने सोचा था, वह घटना पत्नी के सामने एक चमत्कार की तरह आएगी। चाभी उसे देने के बाद वह कुछ देर, प्रसन्नचित्त मुस्कराता रहा।

बानी ने बिना किसी उत्साह, उत्तेजना के पूछा, 'यह क्या है ?'

'हमारा मकान, बी 314 !'

'क्या यह हमारा मकान नहीं, जिसमें हमने इतने साल निकाल दिए!'

नहीं, यह किराये का है, पराया। वह हमारा अपना है खुद का।

'इससे क्या फर्क पड़ता है ! इससे ज्यादा जरूरी है कि आदमी खुद का हो।'

'तुम हर समय फिलासफी झाड़ना शुरू कर देती हो। यह तो नहीं कि चल कर देख लो, मैंने कितने कसाले से यह मकान कमाया है।'

'सो तो मैं जानती हूँ। मुझसे ज्यादा और कौन जानेगा।'

वे सपरिवार मकान देख आए। गृह-प्रवेश का दिन तय हो गया। बानी के पति ने दिल खोलकर मेहमानों का स्वागत किया।

बच्चे बेहद खुश थे कि उन्हें अलग कमरा मिल गया। उनका पिता खुश था कि उसने जीवन का एक बहुत बड़ा काम पूरा कर लिया। बानी का मन डूब रहा था। कितने वर्तमान अरमानों को कुचल कर भविष्य के लिए यह आधार बनाया गया था, बानी ही जानती थी। अब तक का जीवन एक आश्रम की सख्ती और सादगी से जिया गया था। अब उसका पति मेहमानों के आगे हँस रहा था, जबकि आधा जीवन उसने कभी मुस्कराने की भी जरूरत नहीं समझी थी। बानी की हर जरूरत, बच्चों की हर फरमाइश को अब तक केवल घुड़कियों से पूरा किया गया था।

मेहमान सब विदा हो गए। बच्चे भी थक कर सो गए। बानी का पति अभी भी उमंग में था उसने पत्नी से कहा, 'तुम्हारे लिए एक शानदार तोहफा ला कर रखा है, आओ दिखाऊँ !'

बानी को विश्वास न हुआ। इस गंजे होते हुए आदमी से अब उसे कोई उम्मीद न थी। इन वर्षों में कितने पर्व -त्योहार, सालगिरह आई और चली गई, उसे तोहफे का कभी ख्याल तक नहीं आया। बानी ने मन ही मन सोचा, यह क्या तोहफा देगा, ज्यादा से ज्यादा किसी नई बीमा पालिसी का कागज या, सौ-दो सौ रूपल्ली का कोई ऐसा कैश सर्टिफिकेट जो बीस साल बाद परिपक्व हो। वह बड़े बेमन से अन्दर के कमरे में गई। बगल के बॉक्सरूम का छोटा ताला खोल उसके पति ने बिजली जलाई और कपड़ा हटा कर कहा, 'देखो !'

यह एक कोरी, चमचमाती श्रृंगार मेज थी, जिसमें बड़ा सा दर्पण लगा था। नए मकान की नई दीवारों के बीच रखी नई नकोर श्रृंगार मेज विज्ञापन की तरह सुन्दर लग रही थी। उसका डिजाइन काफी आकर्षक था, तथा दराज और टॉप, सब सफेद माइका के बने थे।

एक लम्बे अर्से बाद बानी ने अपने को आज आदमकद आईने के आगे खड़ा पाया। लेकिन यह क्या ! यह वह किसे देखा रही थी। उसने अपने पीछे मुड़ कर देखा, नहीं उसके आस-पास और कोई औरत नहीं थी। यह वही थी, जिसका प्रतिबिम्ब इस वक्त दर्पण में पड़ रहा था : परेशान, पस्त चेहरा, रूखी निस्तेज आँखें, सूखे ओठ, कनपटी पर चंद

सफेद बाल और झुर्रियाँ पड़े हाथ। देह के आरोह-अवरोह, सब गायब थे। बाकी थे, ढीले कन्धे, चपटा वक्ष, वक्ष से ज्यादा पुष्ट कूल्हे और कमर। क्या यह वही बानी थी, जिसे स्कूल में लड़कियाँ 'बंगाल का जादू' कहा करती थीं। उसकी सहेली रजिया का भाई कहता था, 'अभी तक हम लड़के यही सोचते आये थे कि हर लड़की हिस्सा-हिस्सा सुन्दर होती है। पर तुम्हारी सहेली बानी का जादू तो सिर से चढ़कर बोलता है, उसकी तरफ कोई पाँच मिनट देख ले तो पागल हो जाए।'

रजिया के भाई की इस सराहना के सम्मोहन में वह उस रात सो नहीं पाई थी। कई-कई बार रात में उठ-उठ कर अपने को टूटे दर्पण में देखा। आदमकद आईने में अपने को देखने को बेहद तड़प उठी थी उस रात।

जाने कितनी बार जीवन में बानी इस ऊँचे, लम्बे दर्पण के लिए तरसी थी ! जाने कितनी बार उसने अपनी कल्पना एक सौन्दर्य सम्राज्ञी के रूप में की थी। जिस रात वह लाल साड़ी में वधू-वेश में सजी थी, उस रात भी आस-पास कहीं कोई बड़ा दर्पण नहीं था जिसमें एक झलक वह अपने को देख ले। सखी-सहेलियों की ईर्ष्या-सराहना के सहारे ही उसने अपने रूप की कल्पना कर ली थी। इतने वर्ष जब-जब उसने पति की आँखों में झाँकना चाहा, पति ने कभी दृष्टि नहीं उठाई, वह अखबार पढ़ता रहा या फाइलें।

वह अभी तक यही समझती आ रही थी कि वह वही बानी है, सुर ताल और लय का संगम, 'बंगाल का जादू', रूपगर्विता। अब यह दर्पण सिर्फ दर्प दुचलने के काम आ सकता था।

घबरा कर बानी ने दर्पण से नजर हटा ली।

उसका पति अब तक आराम से बिस्तर पर लेट चुका था। बोला, 'कल इसे उठवा कर कमरे में रखवा देंगे, क्यों ?;

'रहने दो, यहीं ठीक है,' बानी ने कहा और अपने कन्धों पर से शाल उतार कर दर्पण पर डाल दिया।

♦♦♦